人生半熟

30歲後，我逐漸明白的一些事

寬寬——著

半熟，才是人生最好的狀態。

各界推薦

大半人的理想生活就是「做自己」，此等奢望思來容易，去做之後才發現「搞清自己要的」才是最難，要斷捨離過去，又要擁抱不確定，沒人准知下半輩子該怎麼活，半熟的年紀才是迷惘的開始。

或許沒有最好的路途，避免下輩子後悔，那就學著經歷「不安」的半熟年紀。

——**雪兒CHER**（**半熟旅人**）

關於這本書的推薦序，我好想只寫下「**這本書很好看**」六個字代表我的讚嘆。每一篇文字都像列印出我心中深埋的感受，我只能不斷地拿起紅筆畫線，直到線條與線條幾乎串聯，才驚覺我每句都畫重點，變成看不出重點的荒唐。

——**黃大米**（**暖心作家**）

人生到某個階段，內心會升起求變的召喚。這階段有人來得早，有人來得晚，有人順應而勇敢前行，有人繼續過著原來不好也不壞的日子。跟隨作者真誠的文字，帶有禪意的內在思索，內心會慢慢沉澱下來。她從光鮮庸碌的北京移居大理後，在清簡踏實的日常生活中，在照顧孩子、操持家務的同時，慢慢剝除外界的期待標籤，返璞歸真，重見初心，逐漸活出自己想要的人生樣貌與生活場景。

無論現處什麼樣的人生階段，我們都值得再次思考，理想的生活是何種模樣？是不是能更接近自然一點？更回到自己的本心？更珍惜所有擁有的一切。願我們都在追求「成熟」的人生路上，逐漸長出自己的力量，與心中一片慧定清朗。

——**潘月琪**（資深藝文主持人、《質感說話課》作者）

目錄

1

楔子：移居

我一直是個後知後覺的人。

比如，這一輪大家談論了大半年的房價飛漲，我很晚才覺察到周圍人的異樣。怎麼每個人都在談房子，就連平常看的一些安貧樂道的意見領袖們寫的網路文章，都忽然間情緒突變，彌漫著焦慮、憤恨，還捶胸頓足地教導大家「賺錢的重要性」。

當然，也因為對時局後知後覺，我在二〇一六年年初，興高采烈地賣掉了北京的房子，舉家移民邊陲小城大理。買我房子的是一對大學教授，孩子大了，賣掉自己原有的一間小學區房，再貸款兩百多萬買下我的房子。

然後排號預約過戶，等待買方申請貸款，等到我拿到房屋尾款，已是九月。

這期間，我搬家，用時髦的話講叫「逃離北上廣」，用賣掉北京房子的買方首付訂金在大理買了一間能看到蒼山洱海的大房子，有大大的露台和夜晚能躺著看星空的陽光房。我計畫用賣房子餘下的錢給孩子存一筆教育金和我的養老金，從此斷卻後顧之憂。

我懷著對美好生活的想像手忙腳亂地適應新生活，認識各路來到大理的新移民，體驗每天不用看霧霾資料隨時出門的美妙感受，去有機農場買剛摘下的蔬菜。每日晚飯後，在蒼山腳下的林間，在深藍色的星空下散步，我覺得我能想像的最好的生活，不過如此。我幾乎就要認定，自己就是人們說的那種人生贏家了。

然而，這平靜的一切，卻被房屋仲介「主動的安慰」打斷了。

「姐，買方的銀行貸款這周就批下來了，貸款的人太多了，批得有點慢，你別太難過了啊……」

「說！」

「等等，我為什麼會難過？」

「哦，您不知道啊，哦，那當我沒說，省得您不開心。」

「哦，就是，就是您那個戶型的房子，我剛賣了一間，比您賣時漲了兩百多萬。」

……

唉，怎麼說呢，我自認是個情緒十分平和的女子，可那一刻，心裡翻湧而上的酸水，讓我連著嚥了好幾口才壓制住。

談不上悔恨、遺憾、焦慮，這些都沒有，只是意難平。

不平的是什麼？是你跳下一趟賓士的列車，然後眼看著列車駛向繁華，拋下你遺世獨立，感受一種世間的一切繁華從此與我無關的悲戚。

＊＊＊

接下來的三天，我著了魔一樣在心裡一遍遍換算著，兩百萬可以用來做什麼。

比我給孩子存的教育金還多，可以在大理再買間房做民宿，可以環遊世界，可以捐一所希望小學……我忘了這兩百萬從不曾屬於過我，但當時我確定地認為它是我得而復失的。

久難平復的心緒，驅動著我去注意身邊的人，他們的生活或心情，有沒有像我一樣被房子改變。

我驚訝地發現，怎麼好像所有人都在難過？

在聚會時，當大家熱烈地談論房子時，無論怎麼砸鍋賣鐵都買不起房的年輕人，常閉口不談，神情中有一種平靜的絕望，我幾乎要擔心下一秒就會看到他掩面低泣。小房子換了大房子的，背兩三百萬貸款的司空見慣，像賭徒一樣，把賭注都壓在房價不停上漲的期待裡，看得見的未來是不敢辭職不敢移居不敢任性。

當然還有像我這種早早把房子賣了錯失大漲良機，在可見的未來再也買不回來的，幾乎是全場默默同情的對象，我都快要聽到他們在心裡與自己的處境做一番對比後暗暗欣慰的聲音了。

無論職業如何、地位如何、手中可支配的金錢數量如何，每個人心底，都潛藏著一種害怕被時代拋棄，害怕在日出月落中就悄無聲息變成窮人的恐懼。「中產階層最大的焦慮，就是害怕跌出自己的階層。」在這一點上，我們整齊劃一地具有了成為中產階層的資格。

可是，對大多數人來說，一間房子再值錢也只是個帳面數字，除非賣掉房子套現，離開所在的城市，換到房價差巨大的小城鎮，過一種歸於平淡的生活。然而大多數人並沒有脫離軌道的勇氣。

當然，其中也有不少人非常幸運，在合適的時機買下幾間房子，又在合適的時機賣掉幾間，套現離場，出國或移居小城，去過想要的生活。他們一般都很精明，總會在一線城市留一兩間繼續增值，備著給孩子上學住，以及賺取租金。

如果待在北京，我恐怕一輩子也無緣認識這類被稱為人生贏家的人。但搬來大理後，鄰里鄰居的，我竟然發現了不少這個類型。

我以為，他們是舉世羨慕的對象，憑藉善於抓住機會的敏感和聰慧，一舉改變命運，成為實現了財務自由的人。最關鍵，他們是在三四十歲正值壯年時，就擁有了退休的資本。

我無法控制地流著口水窺探他們的生活。

他們不用再做事，每日主要日程是散步、發呆、逛吃、養生、會友，以及遊覽青山綠水。日復一日，我在他們眼中捕捉到一種安享晚年的寂寥與無奈。閒得久了，他們不再能淡然面對時間的荒原，我悲哀地發現，自由舒適的日子過久了，與繁忙焦躁的日子過久了，結果一樣都是厭倦。

於是，他們有的開起了咖啡館、客棧，有的不計投入地裝修完一間房子又裝修一間房子，常年朝九晚五地往返於裝修工地與家裡。也有的致力於花錢回饋社會，在小城各種機構的追捧中感受到了人生的價值。

他們把曾經奮力卸下的枷鎖，又一件件戴了回來。

觀察他們的生活，竟能獲得一種療癒的力量，看到人生這齣劇的荒誕之處，會讓我因賣力演出而起伏不定的心緒平靜下來。如果人生的追求繫於外境，心隨境轉，那麼閒適時想忙碌，繁忙時想避世，這一生的日子就在這樣的兜兜轉轉中消耗殆盡。

＊＊＊

在我有限的見識裡，有兩種人面對外境的大風大浪還能心如止水。

一種是我每天在路邊見到的小攤販，與我相比，他們是貧者，守著一個麻辣燙或烙餅攤維持全家的生活。與大多數善良的人一樣，我看向他們的眼神裡，總帶著同情。

每天路過的次數多了，我看到女人會在忙完晚上的活後，用手機小聲放著音樂在路邊獨自跳廣場舞，一臉旁若無人的陶醉。我看到賣水果的夫妻，在租的水果棚裡，搭起一個高高的木盒子當臥室，晌午我去買水果，說話時看到男人對我做出小聲點的暗示，一臉溫柔指指高高的木盒子，那裡面是他的女人在睡午覺。

他們背後的辛酸我無緣看到，可我身邊很多看似過得不錯的朋友，他們背後的辛酸我也無緣看到。表面上看，這兩類人沒有誰比誰更幸福。

還有一類人我認識很多，他們有的做陶，有的畫畫，有的做茶，有的設計衣服，各人技藝不同，都是安身立命的方法，相同的是，不論房子多大，工作室在鬧市還是山裡，他們每天專注的，就只有手頭這一樁事。對於未來，他們最大的願望是能無限接近自己所在領域的大師級境界。

我跟他們說起自己賣房子的遭遇，抱怨損失了一大筆原本能讓我接近財務自由實現理想生活的錢，他們白我一眼，不痛不癢地丟來一句：就算財務自由了，每天過得又有什麼不一樣？

在他們眼裡，房子貴還是便宜跟自己毫無關係，反正有地方住，有茶喝，餘下的那點精力還不夠琢磨手裡的這個手藝呢。

想想也是，如果你很確定自己想過的生活，還有一件能打發餘生並樂在其中的事可做，就算忽然中了大獎，每天不還是這樣子過。

人生大多數東西，沒得到時以為得到了該有多幸福啊，可真得到了又覺得不過如此。在想要的欲望和得到後的無聊之間不停切換，一生就過完了。還有少數人得以跳出這套路，其中有一位，半生沉浮之後跟我說過一句話：人生在世，除了修行，別無他路。

深以為然。

2

一條魚，不要逼迫它去爬樹吧

定居大理四個多月了。

它所在的滇西地區植被豐茂，路邊常年有各種野花盛放，一片片的。每天早上帶女兒出門，開車經過一個拐角，一株大灌木的葉子伸出很長，直探到路上，女兒每次都要提醒我：「媽媽，你開慢一點，不要撞到花花草草。」

女兒兩歲出頭，四個月前，我們剛搬來，第一次開車載她經過，說話還不利索的女兒完整地跟我說出這句話時，我感動得眼淚幾乎掉下來。

每天在家附近半山上的大理大學散步，遇到很多花花草草，她總是不厭其煩地蹲下來，一一握手問好，並且要求我：「媽媽，你也來跟它們握握手，你們就是好朋友了。」於是我也蹲下，學她的樣子輕輕捏著一片葉子一枝花莖，哭笑不得又一本正經地說：「你們好啊，又見面了。」

每天她還喜歡幫助許多蚯蚓啊、蝸牛啊。大理日照強，時常見到硬化後的路面上有被晒乾的蚯蚓。女兒總是低著頭慢悠悠地走，神情專注，時不時蹲下盯上好一陣子，以分辨蚯蚓有沒有「去世」。

活著的肥肥的蚯蚓通常總是先按兵不動，好一會兒才蠕動，女兒一見立刻喊我：「媽媽，蚯蚓沒去世，你幫我救它們。」我只好走過去蹲下來，輕輕地捏起蚯蚓，放到一旁的草裡。

因為養著一個小孩，我每天不得不重新認識動物和植物們。

朋友種的茶園裡養著一群鵝，我帶女兒常去，見面頻繁加上山野裡散養，一排鵝旁若無人地搖搖晃晃在女兒面前走過，一邊走一邊嘎嘎叫，鵝走遠了女兒忽然冒出一句：「媽媽，鵝一邊走一邊撒嬌。」

朋友來大理玩，帶他們去吃柴鍋土雞，雞是現殺的，還要食客去雞舍裡挑一隻出來。我和女兒第一次去，並不知情，傻傻地跟著服務員去到雞舍，就看到一隻雞被抓起丟進廚房間，雞一路上都在嘶吼，我連忙捂住女兒的耳朵，裝作若無其事的樣子，偷偷瞧她，只見她滿臉通紅憋著不哭出來，一句話也沒說。

那天晚上臨睡前，她突然放聲號哭，說母雞蘿絲（有一本繪本叫《母雞蘿絲去散步》）去世了，哭得撕心裂肺，讓人動容。從那之後我們再也不敢去專吃雞的餐廳。

去菜市場，不能帶她路過殺魚剁肉的攤子。起初我沒注意，有一次買菜間隙，忽然看到一旁的小娃，淚眼汪汪地盯著魚販宰殺活魚：並不一刀斃命，卻是活刮魚鱗，刮好丟一旁，奄奄一息的魚渾身血淋淋地跳動。

看得我也跟著眼淚汪汪。從那之後去菜市場，只在蔬果攤前轉悠，離魚攤肉攤遠遠的。

看了很多育兒書，理論和技巧一大堆，卻最終也沒學會怎麼跟孩子解釋成人的世界。

我說因為有人愛吃魚所以有人會賣魚。女兒說會不會有人愛吃由由（她的小名），我說沒有人要吃小孩。女兒說那為什麼要吃魚，魚也是小孩；為什麼要吃雞，雞也是小孩。我無言以對。

我想每個媽媽都有過這樣的時刻，希望孩子永遠不要長大。和女兒日夜相守兩年多，細細觀察，我日漸確信，孩子從來就不和成人同屬一國，他們和所有的動物植物才是同類，都是自然的孩子。而我們成年人，大多數淪為了自然的敵人。

如果不是孩子指引，我恐怕早就忘了花與草微小而完滿的世界，也不會思考人為什麼要吃魚這類問題。更不會每天出門第一眼，就是抬頭看天——看到高原上雲朵不停變幻的藍天，女兒總是重複一句：「天空好美啊，雲好美啊，由由也好美啊！」

少有成人看到孩子此刻的笑臉能不為之感動吧。

＊＊＊

記得好些年前，我在開車上班的路上聽到廣播裡放一則公益廣告，大人說，天是藍色的，雲是白色的，孩子反駁，不，天是灰色的……那時只當它是一則公益廣告，如今卻真的成了很多孩子的現實。

來大理之前半年，我在北京開始給孩子物色幼稚園，因為聽說好的幼稚園動輒要排隊一年以上。去看了很多幼稚園，它們大多都有高級的設施，大大的城堡滑梯，戶外有嚴密接合的塑膠場地，以不裸露一寸泥土地為榮，可是我看不懂。

他們將孩子與自然之間的通路切斷，塞入引以為傲的人造文明。

那時我還隨大流給孩子報了有名的國外品牌早教班，上藝術課、音樂課、運動課。每周幾次開車帶著孩子穿過擁堵的街道趕去「上課」，早教班裡，父母不多，大多是老人或阿姨，孩子在邊上玩，大人聊的多是家長里短。開始一周，女兒很好奇，爬來爬去，新鮮勁兒一過，就徑直爬向門邊，要出去。

霧霾天，家裡關不住一個正在成長的孩子，就帶她去室內兒童樂園。有孩子的都瞭解，兒童樂園一般都有塑膠球池，各種塑膠玩樂設施，還有一種奇葩的池子，名為沙池，裡面並非真的沙子，而是決明子或玉米渣，我真要為這創意絕倒了。

女兒在這樣的樂園，玩耍極限是半小時，新鮮勁兒一過，就要出去。周末逢天好就帶她跋山涉水去森林公園、郊野公園之類，可是堵車大半天後，進去主要還是看人。

雨後女兒在社區裡蹚雨水，來來回回，獨自玩得起勁，全身水淋淋。我站在一旁要奮力頂住壓力，路人經過要麼勸我「孩子這樣你也不管，一會兒該生病了」，要麼念叨「多髒啊」，更多是不解的目光。路過的孩子通常眼饞，拉扯著大人緊拽的手，也要去蹚水，然後被呵斥，被拉走，甚至被打屁屁。

女兒濕淋淋地站在水裡，盯著哭泣著被拉走的孩子一臉迷惑。我看著一切，心酸不止。有沒有一個世界，能讓孩子就做個孩子。

有了孩子後，我忽然對曾經熟悉熱愛的城市看不懂了。於三十多歲高齡，變成了一名憤青。想到百年前梁啟超寫下《少年中國說》的激揚，再看今日教育的境況，就「藍瘦香菇」了[1]。

擁有所有選擇的少數家庭不在此「藍瘦」之列，但終究我們大多數還是要在這片土地上兢兢業業。我們給了少年一個怎樣的世界，如此又能期待養出怎樣的少年？

或許這少年夠優秀，夠聰明，奧數全球第一，掌握最先進的科學技術。可是，少年的內心是否豐滿，對天地萬物是否謙卑，是否終其一生追求自由，是否除了關注同類也能俯身注視一株草抬頭看到一顆星，是否在人生萬難之時也能不忘自己是自然的孩子，是否在擁有移民火星的志向時，也能不忘讓地球變得更好？

我不確定如此下去，答案是樂觀的。離開北京時，聽到最狠的勸告是：「你帶孩子離開大城市，就不怕她到時只學會了挖泥鰍？」

我很㞞（編按：音ㄙㄨㄥˊ，用以譏笑人軟弱無能），到大理四個月來心裡時常迴盪著這句話。

每天跟著她，看到她在山野裡奔跑，在泥土裡打滾；看到她敏感於一日的天色變化，對著雲朵說你們像貓咪像小鳥像刺蝟；看到她面對天邊巨大的明月升起，開心得手舞足蹈，說月亮上也住著小朋友在看著由由。我看到幼小的生命與天地聯通，才明白我們本該有的樣子。

我想起曾在城市最繁華街區的街燈下，看著櫥窗裡昂貴美好的商品，心裡升起的，是佔有的欲念，是得不到的沮喪，是要拚搏為了終有一天可以得到它的豪情壯志。

但當你真的凝視過一輪清澈的明月，會覺得一切擁有都是束縛啊。

接近自然讓人心生滿足，讓人明白什麼叫「自然的療癒力量」，繼而讓人無比感激這福報。漸漸地，在北京時我沾染上的對孩子教育的焦慮消失不見，不再擔心她沒有科技館博物館藝術展可逛，不再憂慮她遠離繁華成為野丫頭，也不再在心底暗暗對比北京幼稚園同大理幼稚園的高下。

一條魚，不要逼迫它去爬樹吧。假如有一天，女兒身無所長，只好做個園丁，我想她也會是個心滿意足的園丁。

自然能給她的，是人類永遠也給不了的。

1 藍瘦香菇：網路用語，即難受、想哭。

3

障礙即是生活

據說但凡移居大理的人，必定要過的第一關，便是裝修。

在我搬離租的房子，搬進新房的那一天，竟有一種上天的考驗終於結束了的悲壯感。

一切詩和遠方的追求，一定會配給你足額的苟且。

在北京最多兩個月的裝修工期，在大理至少需要多出兩倍。裝修前半段時，我還十分不淡定，以為催一催總能快的，三天兩頭跑去工地，強裝出一副臭臉，想要當一個盡職的監工。

沒多久，就輪到泥瓦師傅的活兒了，這位看上去四十多歲的男人，攜家帶口來上工，帶著電鍋，還有一把翠綠的青菜，甚至在八月菌子季時，還要帶上採來的新鮮菌子，每天中午就在我家堂而皇之地過起小日子。

我忽然推門而入，只聞飯香撲鼻，夫妻倆見到我，臉上沒有絲毫不自然，淳樸地咧嘴邊笑邊熱情地招呼我「來，跟我們一起吃啊」，如同在自己家。

我本來因為工期太慢一肚子火，板著一張臭臉，此時又覺得兩人可愛得很，一瞬間不知作何表情，尷尬地速速告辭離開。

匆忙行至樓下，抬頭瞥見露台上，夫妻兩人端著煮好的餐食，看著洱海邊吃邊聊，不時就兩口小酒，真真愜意。

這位師傅最終把三天的活兒用了二十天做完，可我的怒火竟平白熄滅。後來見怪不怪，許多師傅都如此，有的甚至只做半天，家裡丁點事都值得曠工，萬事大不過家事。

我偶爾抱怨催促，他們也不惱，總是一句「急啥嘛」，語氣溫和卻不留餘地。這句話聽多了，我也自己問自己，急什麼？沒有了deadline（最後期限），卻還有城市帶來的習氣。習慣了快是標準，工作第一，家裡事再急也要把工作完成了再請假。

＊＊＊

以前有位毒舌主管，有一次半開玩笑地對我們說：「你們請假，千萬別是因為生病，我還得等你好，要真死了倒乾脆，我麻溜地找人替你。」

這種價值觀和習氣日積月累，經由群體的認可和遵從，已經長在我每一個細胞裡。即便沒了原來緊張和焦慮的環境，很長一段時日我仍會受它驅使，所謂生活的慣性。這慣性代替上帝之手，主宰我們每個人。

所以，經常見到芳鄰放著新鮮的菜市場不去，不辭辛苦每周開車去市區唯一的沃爾瑪，採購一周所需。

還有在大理滿街找星巴克的人，曾經咖啡成癮是為「續命」，如今命不需要續了，癮倒成了美好生活的象徵。所以有那麼多人覺得好山好水好寂寞，忙時盼閒，閒了，卻空虛無著。

而我也並沒有好到哪裡去，原以為快節奏的生活才需適應，其實慢生活同樣需要艱難適應。

以致初搬來的幾個月，被大理的朋友說，我簡直是全大理最忙的人。白天獨自帶孩子，跑工地；孩子睡午覺了，抓緊處理郵件回覆微信；夜晚孩子睡了開始工作，常至淩晨兩三點。

從來都算是個勤奮的人，但不同的是，在北京時我覺得這很正常，心安理得，會在忙碌中生出樂趣；而換到這裡，我認為這日夜操勞的生活，哪裡是我想像的大理生活啊。

我把眼前的事項，都看成阻擋我過美好新生活的障礙。

我想等到孩子上了幼稚園就好了，等到房子裝修完就好了，心裡一再催促，快點快點，快些把障礙跨過，便可抵達我的詩和遠方。

當然，搬進新家的第一天，這種虛妄便不攻自滅。我以為我跨過了障礙，生活就在眼前了，過吧。

可是我坐在空蕩蕩的房子裡，腦子開始飛快地計畫起來，喏，這裡需要掛幅畫，那裡還需要添置個沙發——

我想像著裝滿後的家，心中升起一絲滿足，到那個時候，生活多美好啊。

空想至一半，我自己就笑了。我並不真的需要它們，我只是需要趕緊填滿它。看，舊的障礙過去了，我馬上創造了新的障礙。其實，這所有的障礙，即是我的生活啊。

一念轉過，我想起泥瓦師傅憨直的笑臉，想起每次來工地沉浸在憧憬中的快樂，想起陪伴孩子每天都有的感動和驚喜。

是誰說過，所有的時代，一旦過去了，就變得美好起來。但其實，每個當下都是我們的黃金時代，包括所有不想面對的障礙。

當生出判定眼前環境及事項好與壞的分別心時，問一問自己，這真的壞嗎？就無半點好？時常覺察，時常反問，或許當下就不再難熬。

4

那些人生中的「已擁有」

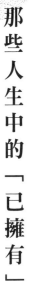

在大理生活，人來人往，所見的面孔大多一副飽足之態，住久了，會沾染上一種習慣：時常從自己的生活裡跳出去，像旁觀者一樣審視一遍，總是不無惶恐地想，這個人啊，真是擁有太多了！

然後心裡跳出另一個聲音：矯情！

我們一家三口住在一間二百平方米的三層大房子裡。儘管我所在的社區，還有很多人住在比我們更大的房子裡，擁有更大的花園和更震撼的窗景，可這並不能讓我稍微心安。

天知道，來到大理之初，我只想置辦一間供我們三口小家日常起居的小房子，奈何社區裡可供購買的，除了套房，這間竟是最小的。

同樣的價格，還可以選擇那種上下共四層，近三百平方米的房子。

跟著房產仲介看完三百平方米的房子，回頭看了眼我家的人丁，還是算了吧。老話說「人氣不夠鬼氣來湊」，我去過朋友家八十平方米的臥室，一百平方米的客廳，進去總覺哪來一股妖風，多待一刻都不願意。

同樣價格，挑了間最小的，仲介嘖嘖嘆氣，搞不懂你們這些外地人。

可是連人家巨富李嘉誠都要在家掛一匾額，上書：發上等願，結中等緣，享下等福。

要享下等福，我時時牢記在心。

兩年前開始吃素，想要節制口腹之欲，力所能及少享點福。

出去吃飯，總被人問，你是因為信佛才不吃肉嗎？我怎麼也說不出口，其實為了「少享點福」。恐怕這麼一說，對方會直接噴飯吧，就連自己也覺得好笑得很。

宗教上的規矩我倒並不當回事，日本和尚可以吃肉結婚，村上春樹的父親就是關西一和尚之子，也未因此不算修行人。

人與食物的關係，古人總結：「食肉者勇敢而悍，食穀者智慧而巧，食氣者神明而壽，不食者不死而神。」

過了三十歲，大概也清楚此生不求勇敢而悍，只想要智慧通達，那必當改變飲食習慣，以讓自己的身體與內心不至背道而馳。

再有就是不忍心。如今物流發達，可選擇的素食食材極大豐富，營養學上，也無法為「肉食營養無法代替」提供堅實論證；擁有更多選擇後，再也說服不了自己，可以僅僅為了口腹之欲，安心享用其他生命。

在媒體上常看到那種一人坐擁幾十上百間房產的人，分佈在許多城市，我心裡暗搓搓地同情，得多少福報，才禁得住這麼消耗。

***

幾天前，幾個朋友聚會吃火鍋，聊完工作與八卦，已近深夜，一轉頭看到窗外明晃晃一個大月亮，月朗星疏，夜色撩人，眾人忽然就陷入沉默。

一人提議說，每個人都說說自己還想得到什麼，然後再說說你現今擁有什麼？按順序排列重要性。

這種話題，真是幼稚，又像穿越回八〇年代，幾家人晚飯後在院中閒聊，直至深夜才回家睡覺。

火鍋餘熱拂面，燭光搖曳。月明風清夜，大家各自思索內心的「想得到」，沉默中想了好久。

不知你有沒有試過，夜深人靜，問自己餘生還想得到什麼，真不容易說出口。每一項得到，都不會白來，要用餘下的生命和時光去換取，如此一想，很多答案就會默默退場。

然後，對於「想得到」，大家最終也沒說出個一二三來。

輪到說「已擁有」，人人不做多想，一二三四噴湧而出。

我也說了我擁有的，寫下來提醒自己，不時看看。

我擁有自由。不是為所欲為的自由，而是不想做什麼就不做什麼的自由。

不用上那種看老闆臉色的班，不用打卡，不用擠公車地鐵，不用受擁堵之苦。

我所經手之事，皆為我所樂意，並且還自覺有一點意義。最幸運的，這事還能在一定程度上，讓我獲得經濟獨立。

我擁有親自帶大自己孩子的時間，不用仰賴父母和保姆。我擁有為了養育她而重新學習瞭解生命的奧祕的意願。

我擁有穩定的親密關係，彼此以成全對方為樂趣。

我的父母，不橫加指責與干涉我的生活，從職業選擇到育兒方式，盡可自主。在我需要時，他們不吝給出最堅定的支持：「我不認同你的選擇，但我支持你的決定。」

我擁有信仰，並非某一教派，而是對天地的敬畏，對自我之上強大能量的信賴，這使我心安，並時不時可以偷懶，不過多操心我所不能掌控之事，比如未來會如何。這也讓我在心生困惑之時，擁有強大的能量支援系統。我看著青山，在心中細說困惑，請天地告訴我答案，沒有一次會空手而歸，天地與青山總能告訴我可以指引人生的答案。

我擁有一個持久而深入的愛好，這讓我特別享受獨處，一個人待著可做的事，能想出很多很多，自得其樂，意味著我不必在無謂的社交上耗費太多時間。

所交之友，必是我樂於相處之友；所說之話，大多不是違心之言。而如此交到朋友，也如此待我，我有底氣，無論貧富貴賤，他們根本不在乎。

最重要的，我想擁有的事物，都不必花太多錢。這讓我不需要為了滿足這具身體的需要，而把這具身體變成欲望的奴隸。

我想擁有智慧與通達的境界，想擁有清風明月，與欣賞清風明月的心境。這些，在身體溫飽之上，不必花太多錢。

我所賺取的，除了支撐想要的生活，還餘出許多。

吃得簡單樸素，凡昂貴與難得之食材，基本都不愛。我喜歡吃白菜、豆腐、小米粥，這是真的。

我不用日日打起精神去某個大機構上班，於是，就不需要為上班置出許多撐場面的衣服，棉麻衣裙，運動衫褲，足夠。

而如今衣服品質之好，總令我苦惱，怎麼也穿不破。我有個規矩，家裡衣櫥，出一件才進一件，於是，除非我偷偷以人力破壞，否則總也等不到可以買新衣的機會。

我喜歡買書，喜歡買花，這兩樣花不了幾個錢，來了大理，菜市場的美貌鮮花，總是五塊十塊就給一大把。

＊＊＊

每次聽年薪上百萬的朋友抱怨生活壓力好大，我總一臉困惑，然而再聽朋友一一講解錢都花哪兒了，我又瞬間覺得，是哦，壓力真的好大。可過後一細想，覺得不對啊。

跟朋友細數我擁有的，抱怨說擁有太多了，好難心安。

朋友說，你廢了，你知不知道，有句話叫欲望催人奮進，你這過得白菜豆腐的，怎麼奮進？怎麼爬上人生巔峰？怎麼跨越馬上就要關閉的階層？

覺得朋友說的話好有道理。自己怎麼生成這副德行，小富即安，不思上進……

可朋友一走，我立馬回復原狀。我也暢想過，如果我忽然繼承億萬家財，我要過什麼生活？真的，我恐怕還是過成現在這個樣子。

我恐懼飛行，所以什麼擁有私家直升機之類，在我看來哪裡是便利，明明是恐懼。我也不喜歡離群而居，那種坐擁整個島嶼數百個房間的莊園，我恐怕是享不了那個福氣。

而更多的，沒過過那樣的生活，也想像不來了。

拍著自己良心說話，我何德何能，擁有這麼多。我時常盤算，享了這麼多福，要怎麼給出去，老天借我這身皮囊，倒是要我完成什麼使命？

我也問過朋友，被一臉嫌棄，丟給我一句：「你真是，把自己抬到拯救世界的高度了！」

……

嗯，時常盤點一下人生中的「已擁有」，會讓自己生出感激。然後在規劃未來時，重點就會放在付出與創造上，更多關注想要做的事，而不是我還缺什麼。

對這世界不多取也不多予，如果得到不是為了給出，那這得到便沒了意義。

如果生命不是用來創造精彩，只是為了伺候這身皮囊，那這生命就如荒漠，青春著卻已老了，活著也如同死去。

5

逃離許多不必要

最近，詢問我「逃離」北京後過得怎麼樣的朋友，忽然又多了起來。像這樣被以前朋友集中問候，一般發生在兩種情況下：重霾持續一周後，以及新一輪「逃離北上廣」又來了的時候。

總有人出現周期性焦躁、煩膩、無力時，不去看看自己的心，卻習慣歸罪於所在的城。然而他們沒看見的是，逃回小城和逃出國的，同樣會有周期性厭倦和質疑。人的心，起起伏伏，凡有不適便歸於外境，就沒有消停的一刻。逃離，逃得如此熱鬧，隔一陣就叫囂一通的人，你看吧，永遠在原地。

古人說，靜極生慧。古人還說，事以密成。前者說精神層面如何生智慧，後者說現實層面如何成事，這八個字堪當凡人行走世間的祕訣。

要不要逃離，靜下來感受自己的心嘛；怎麼逃離，更不是大張旗鼓就可以實現的。

＊＊＊

前一陣，我嘗試了七天的辟穀，為了驗證古人說過的話，如今還管不管用。《莊子．逍遙遊》中寫：「不食五穀，吸風飲露，乘雲氣，御飛龍，而游乎四海之外……」說的是仙人行徑，雖然在古書典籍中極為常見，但我一直認為這不是凡人可以體會的。

我嘗試的是服氣辟穀，道家養生法。至少需連續七日，不食五穀果蔬，每日可服棗兩枚或枸杞幾粒，飲水少許，靠調整氣息，吞津服氣來將天地能量轉化成身體所需。

開始辟穀前，我查了許多古代與現代的資料，印象深刻的一句是：其效用目前缺乏科學依據。

親身嘗試，不抱期待，也不持質疑，坦坦然然把身體當個小白鼠，好歹試一試。前兩天，饑餓感輪番襲來，但一波比一波弱。第三天開始，身體饑餓感消失，我很清楚地感受到，對食物的需求除了來自胃，還來自腦子，胃裡不餓，腦子裡卻很饞。

七日辟穀結束，身體的反應一點點出現：久拖不癒的右肩疼痛消失，皮膚白皙紅潤，異常光滑；體力精力劇增，每晚睡下去，第二天早上天剛亮就自然醒，身體輕盈而興奮，像吃了千年人參；不時感到想要飛起來的愉悅，這種感覺對我來說非常陌生。

我無意寫養生心得，這純屬個人體驗。但這體驗像打開了一扇門，引導我在思維方式上澈底反省。

一部研究斷食的歐洲紀錄片，片尾說了一句意味深長的話：「人類基因本來擅長應對饑餓與困境，如今，我們卻倒在了飽足上。」

這雖說的是健康，但人生其他層面亦同此理。

我們這樣的現代人，無論營養還是資訊，方方面面都太多了。再豐富的營養，身體不能吸收，就是負擔，會引起疾病。再有用的資訊，不能催生智慧，就是雜訊，會催生焦慮。

我們需要做的，不是吸收更多，而是適時遮罩，斷食以清空身體，放下手機電腦甚至書籍，讓心靜一靜。

況且如今人們表達觀點的方式，常常言辭偏頗，情緒激烈，讓人當時看得很爽，然而讓你爽的東西看久了，會對深藏著智慧的東西視而不見——它們往往一副溫吞吞的樣子，只有冷靜的心才有耐心多看它們幾眼。

生活中，少比多難，簡單比複雜難，斷捨離比買買買難，慢比快難。而其實，少即是多，簡單即是豐富，慢下來才會更快。

現實中，散財比斂財難。賺錢靠創造稀有價值，可以教，可以學，方法得當，在正常的時代，賺錢不是難事。可是，花錢得靠智慧。

如何賺錢，能看出一個人的本事，卻看不出一個人的本性；如何花錢，簡直就是人性之大顯。

工作原因，時常還是要回歸一下北上廣，在人前晃一晃。聚會中，你說你喜歡什麼，立刻有人幫你分析，這喜歡有用無用，是否能做大，如何借助資本，何時成為下一個誰誰。

為什麼要成為那個誰？只做自己好不好？可當天天有人約你「聊一聊」，你還能靜靜做自己嗎？

反正我不能，所以我認，和這熱鬧的人群保持距離，管他們說我錯過了幾個億。

逃離逃什麼？不是為了更多得到，而是為了剝離許多「不必要」。

＊＊＊

來大理後有幸認識了一位書畫家，隱居於一處古鎮。他們夫妻倆原本在大城市，有房有產，也小有名氣。兩年前賣了房和公司，搬來大理專事創作。

現今的房子在一大片農田邊上，每天所見，是一幅極真實的山水田園圖。接近自然的環境不僅滋養了畫家的創作，遠離以前熟悉的人群，也為他避免了許多不必要的社交。

畫家喜靜，從小習書畫，很有些造詣和境界。即便如此，在曾經的生活裡，仍然不堪應酬之擾。熟悉的圈子，給你提供便利，也給你設置沒完沒了的事務。

當年近四十，自覺到了很關鍵的創作期，必須下決心選擇過一種遠離人群的生活。於是離群索居，為了更自由地創作，為了此生離他心中的藝術境界更近一點。

我有幸看過他近幾年的作品，前幾年的技巧了得但風格未定；搬來後的作品，技巧的痕跡隱去，多了獨特的意趣。

很少聽他抱怨在城市時的生活，想必這樣清醒有追求的人，在哪兒都能過得滋潤，只是更高的人生追求，需要更尊重自我的選擇來成就。

當然，這樣的選擇和轉換，也經常被人視為犯傻。是好是壞，只有自己明白。

逃離並不是這個時代，我們的專利。

村上春樹是日本當代最著名的作家之一，也是世界首屈一指的日本作家。作為一個職業小說家，以品質穩定的高產量與獨特的文體立世，三十年長盛不衰。

他近三十歲才開始寫作，三十年寫作生涯中，有兩次選擇遠離人群，決定了他的寫作成就。

第一次，三十二歲，決定專注寫作這一件事上後，關閉了經營十年的爵士酒吧，切斷了大部分社交。每日鐵打的作息，不間斷地寫作跑步，離群索居忠於自我的生活，使他迅速成為日本出色的職業小說家。

從日本走向世界，來自村上春樹主動選擇的第二次逃離。

當時正值日本「泡沫經濟時代」，經濟勢頭雄勁，出版業一片繁盛。作為一個寫東西的人，最不缺的就是稿約。職業作家，哪怕沒有拿得出手的作品，僅靠零敲碎打的約稿，也能過得不錯。

然而，村上春樹在《身為職業小說家》裡寫道：「對於眼看將年屆四十的我來說，這卻不是值得歡欣的環境。有個詞兒叫『人心浮動』，整個社會鬧哄哄的，浮躁不安，開口三句離不開錢，根本不是能安心靜坐、精打細磨地寫長篇小說的氛圍。待在這種地方，也許不知不覺就被寵壞了。」

於是，他在八〇年代後半期離開了日本，將生活中心轉移到外國，離開熟悉的語境和辛苦積累起的讀者，逃出去靜一靜。

明白長遠的人生使命和目標，再看眼前的繁榮和便利，就知道它們最容易變成拖住你的阻力。

「這個世界上有很多要由時間來證明的事物，只能由時間來證明的事物。」如果認同這個基本的真理，那麼，待在熱鬧裡，還是與之適度保持距離，就不是一件需要費心糾結的事。

是人都會受群體價值觀的左右，熱鬧的人群中，這種力量尤其強大，逼得你不得不放棄自我，追隨潮流，而大多數人在此情況下，都淪為時代的砲灰。適當遠離，或許比盲目相信自己的意志力，對長遠的目標更有幫助。

有人說，大隱於市，若你真要修行，在最喧鬧的人群裡，才是絕佳道場。可是，我等凡人，道行遠未達到身處喧囂、心能如如不動的境界，微小的力氣全用來抗拒群體的設置了，哪還有閒心餘力來發展小小的志趣。

如果你修為很高，那麼在哪兒都一樣；修行不到，還是選個與志趣相合的環境吧。這個強大的時代，不下定決心排除群體的干擾，便沒那麼容易做自己。

然而，沒個一技之長可供打磨的人，待在人群中或許最穩妥。畢竟，人多的地方，更容易為你提供一個生計。

＊＊＊

我在大理，還不到一年，已經開始適應湛藍的天空與清冽的空氣。

一切美好的外物，當你習慣了，都會變得稀鬆平常。外物不值得追逐，但外物是幫助我們的工具。

我不可避免地被貼上「逃離」的標籤，總有人來採訪，說請你說說逃離後的生活。逃離後的生活？我常常口沫橫飛詳實描述，不過都是些買菜做飯工作帶娃的瑣事，對方微微皺眉，恐怕是覺得不夠「超出想像」。

生活不是抽象的標籤，是一天二十四小時分分秒秒地過，我不過仍在吃喝拉撒思考與寫作，每一天的內容，與在北京時並沒有根本的不同。能說出來的世間道理就那麼些，不同的是每個人獲得這道理的體驗。

因此我很滿足，並時常覺得感恩，得以遠離熟悉的人群，在新鮮的天地裡看清曾經的得失。

逃離北上廣，究竟在逃什麼？逃避苟且，逃避壓力，逃避擁堵，逃避房價，這都沒有錯，但又都是徒勞的。如果不知道自己要什麼，逃離永遠解決不了問題。

逃離還是堅守，不過是一條船，本來要帶你去對岸，而很多人卻把這條船當成了對岸。

別被這些浮躁的標籤干擾自己，重點根本不是逃離，重點從來只有一個：你要什麼？你要成為什麼？

訓練自己間歇性地遠離人群，遠離主流，這有助於保持一個獨立思考的自我。不要總是貪戀圈子的溫暖，更不要離開了原來的人群，又迅速鑽入新的人群。

時不時離個場，跑出去靜一靜，你只要安安靜靜，乾乾淨淨，便看得清清楚楚。

6

山那邊有什麼

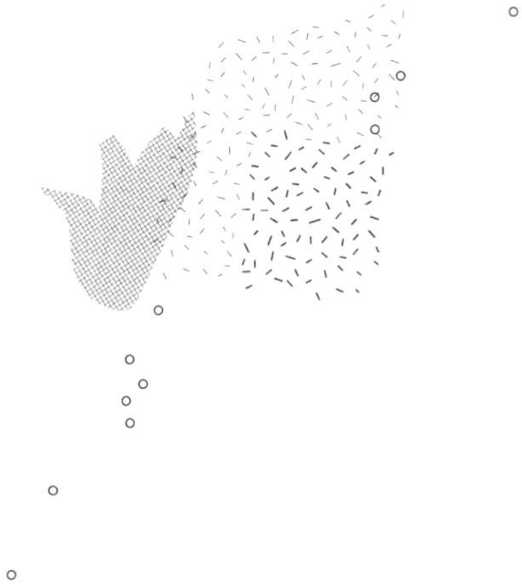

二十五歲那年，我結束了第一份工作，並不願馬上進入下一份，一拖再拖晃來蕩去，中間竟有了長達三個月的空檔。

我收拾了一個七十升的背包，買了一張從北京去拉薩的火車票。出發的動機，非常混沌，沒有要逃離的現實，也沒有要理清的心緒，更不為去追尋什麼——當時青藏鐵路剛通不久，在電視上看到沿途風光，不由心生嚮往。

人的心永遠想去山那邊看上一眼，並非為了明白，也非為了征服。那時的我，就有著這樣的一顆心。

算了算可用於旅行的時間和錢，至少三個月無虞，便決定用於這趟旅程。

在拉薩老城區一家藏式青旅住下，買了份西藏手繪地圖，看到從拉薩出發向四面八方延伸出去許多條線路，一時茫茫然，竟不知如何開始這毫無目標的旅程。

於是窩在青旅。高原稀薄的氧氣使頭腦困倦，便不做他想，行屍走肉一般，在青旅的露台上，晒了許多天的太陽。

後來第一次看到「放空」這個詞，我就笑了，原來那般的無所事事，也有一個挺深沉的詞。

我身體力行地實踐後，發現放空不是人想放空就能空，它必得倚賴對未來不做盤算，與當下現實保持距離，或許還得有燦爛的陽光做外力，才能在人生難得的一些間隙，達到放空的境界。

頭腦變得空蕩蕩，現實之外的啟示才得以進來。

在拉薩大街上遊蕩，路過一家小書店便鑽進去，其選書標準與我習慣的城市書店完全不同，如以暢銷論，那裡的書可算少見的冷僻，大多數我連看懂書名都要費些勁。

悻悻然欲離開，忽然掃到一本叫《與無常共處》的書，簡簡單單五個漢字，因熟悉而頓生好感，於是抽出它結帳出門。

揣著書閒逛，第一次注意到路邊磕長頭的藏族人。跟著他們到大昭寺門前，眼前人群分作兩排，一排面向寺門磕長頭，多為藏族群眾，一個又一個磕下去，不見變化，也看不到停止的跡象。

另一排倚靠牆根或蹲或坐，多著衝鋒衣，戴頭巾，看著更像來此時日不短的旅行者，他們眼睛有神卻無內容，癡癡以待，又不知待什麼，一時半會兒也不見起來。

兩排人一動一靜，全無聲音。這場面把我看呆了。於是撿了牆根一個空處，席地坐下，無聊地想看看磕頭的何時停止，蹲牆根的何時起來。

直坐到日落西山，我竟還不想起來，以為是晒太陽讓人慵懶，可為何一貫心念流轉不停，那時卻無念無波。

多年後回想，我才明白，那是生命中珍貴又難得的啟示。

＊＊＊

後幾日，我窩在客棧，獨自坐在露台上看那本買下的薄書。時值五月底，不在旅遊旺季，客棧人丁稀落，露台上更是日日只我一人枯坐，半天常能喝掉一暖瓶甜茶。

那本薄書，反反覆覆讀了許多天，沒有故事沒有情節，卻使我幾次淚流滿面。並無悲傷需要撫慰，也無情緒需要宣洩。倒像是心裡長出一些東西，讓我先前篤定的一切變得有些朦朧。

帶著朦朧的疑惑，我搭車上路，除了阿里線，把從拉薩出發的所有線路都走了一遍。多年後我終於確信，那片土地有著迥異於其他地方的能量，短短兩個月間，至今生命中仰賴的所有重要啟示，都在那裡獲得。

記得有一日投宿定日小城，城外是茫茫荒原，天色向晚不晚，暗空中烏雲翻滾，風從耳邊呼嘯而過，我獨自爬上一處山坡，筋骨勞頓，萬念俱寂。

立定而望，像是忽而穿越至上古洪荒，四周沒有一絲生靈氣息，唯有蒼茫天地，和自己隆隆的心跳。

天地之間，孑然一人，孤獨是孤獨，但為何這茫茫空寂竟讓我有種熟悉感，像是多少年前也曾如此佇立而望。

心裡長出的東西，和在這世間已擁有的，重要性上似可比肩。第一次感到，所得自是幸運，失去也可坦蕩。

更重要的，我忽然明白，我所擔心失去的，只是那些現在擁有的東西。人像個容器，得到一些，失去一些，再得到一些，裡面裝過的東西，從未真正屬於我們。這容器，始終面對的，是天涼地荒，獨獨而立。

從那天起，我便想，要往這容器裡裝新東西，必定要失去舊的。且看著它們，來來去去吧。

多年後讀到舒國治所寫：「對於這世界，不多取也不多予。清風明月，時在襟懷，常得遭逢，不必一次全收也。」才覺想必所有個體感受，他人亦曾有過。我又何必汲汲於聲名，生怕自己所思所感，無法使他人穎悟呢？

做好這只容器，最要緊是，自我要小，心量要大。

＊＊＊

路上遇到一位旅友，六十歲，自退休後開始騎行。

我遇到他時，正逢他騎行至樟木邊境再入尼泊爾，在拉薩休整。此前他從河北出發，騎行三個多月抵達拉薩。

老人臉晒得黝黑，身材矮小精瘦，老伴幾年前先走了，有一個女兒在老家安居樂業。老人將所有退休金用於騎行，自行車不是什麼名牌，沿路住青旅，一晚幾十塊的床位。

我請老人吃飯，他很開心地答應，路上行走的人少有客套。我問他為什麼不在家享清福，出來遭罪不說，還危險。他說：「在家待著，越待越怕死。南來北去地騎著，忙著活。」

我很幸運，在二十五歲時，老人改變了我對衰老的刻板印象，打破了對於生命的設定。記得當時被年輕的理想和欲望燒得焦灼，總覺當下時不我待，恨不得省去所有過程，直達結果。

窗外不遠處，古老的布達拉宮的紅牆剛剛翻新，天藍得空空蕩蕩，看著老人炯炯的眼神，我心中忽然對人生感到輕鬆。

今年他六十八了，大年初一給他拜年，他正在東南亞一處小鎮休整——兩年前結束了環遊中國的騎行，他便開始騎自行車環遊世界。

忙著死，還是忙著活，自己最知！

那幾個月，我在西藏許多路上，都能見到攜家帶口、變賣家當做盤纏，一路磕長頭走到聖城拉薩的藏族同胞。有的用盡半生終於抵達，有的未能到達，更多的還在路上。

一次同車的一位，探頭看著窗外磕頭的人，轉回頭時對我說：「他們在家裡好好生產，提高生活水準，幹點有用的多好。」

我問：「什麼算有用的？」

他答：「就是現實一點的！」

我無言以對。現實是什麼？

有了一點經歷後，才發現哪有整齊劃一的現實。

對於看重金錢的人來說，賺錢就是現實；對家庭第一的人，天倫之樂就是現實；對事業心重的人，拚搏奮鬥就是現實；對癡迷自然的人，踏遍青山就是現實；對於磕長頭的藏族同胞，一生到一次聖城就是現實。

和現實一樣，夢想也成了不可討論的詞。有的人吃飽穿暖就要去追尋夢想；有的人要財務自由才敢談夢想；有的人說父母在，不遠遊；有的人，夢想便是帶著父母去遠行。

人和人的現實與夢想，實在沒有高下之分，把別人的現實當成自己的，才會讓人求之不得，得之又不爽。

數日前從大理回京，舊友相聚，客套之下常聽得：「你怎麼這麼有先見之明，早早尋了處宜居之地。快幫我看看房，我也想搬去……」

人的心永遠想去山那邊看上一眼。

然而，「相逢盡道休官好，林下何曾見一人？」

更多人永遠也只是想想而已。

7

精進，還是放下？

女兒在大理上的幼稚園，提出的教育理念是：讓孩子擁有感知幸福的能力，同時也擁有向外選擇的能力。

細細想來，不只孩子，成年人一生所需所求的，不也就這兩者嘛。

跨年夜及開年這幾日，聽了許多關於未來的預測，聽完不覺興奮，反而感到焦慮。世界時刻變幻，速度像是越來越快，我們作為個體，如何跟上？

接著就會想到，要充電學些什麼新技能呢？孩子該接受什麼教育？甚至理財方向是否要調整？

想來，這樣思考的，我大概不是個例。

想盡辦法應對變化，為了擁有向外選擇的能力，本身無可厚非。

遺憾的是，即便這樣做了，也未必直接讓人感到幸福。

向內擁有感知幸福的能力，取決於精神質地、關係，以及有沒有日積月累地降服內心。甚至日常來看，僅僅是有沒有晒到足夠的太陽，有沒有飽足地睡上一覺，也能影響人對幸福的感受。

選擇的能力，和感知幸福的能力，這兩者同樣重要，無法偏廢。

在喜歡的領域不懈怠地勇猛精進，又需時常覺察是否花太多時光在貪求過多上。

＊＊＊

二十幾歲從媒體出來後，先做了半年自由撰稿人。稿約漸漸穩定，每日看書寫作泡咖啡館，忙上半個月，就能賺到以前上班時一個月的收入，當時覺得日子好極了。

如果我生在珍．奧斯汀的時代，那麼這樣一種生活，大可放寬心一直過下去，因幾十年媒體環境也不會有太大變化。

可不幸的，我所處的這個時代，人人焦慮跟不上它。半年裡，有一家我時常供稿的媒體忽然倒閉，這在彼時還當只是個特例，卻也讓我警覺——依賴外部平臺獲得全部收入，始終不是長久之計。

這件小事將我拖入成年後最嚴重的財務焦慮，我一邊節衣縮食，將消費降至底線，以便清楚一個人生存所需，到底需要多少錢。另一邊，開始認真琢磨賺錢，覺得只有足夠的財富，才可以帶給自己某種程度的寫作自由。

吳爾芙說，一個女人要能持久地專事創作，需得有一筆供給自己獨立生活的遺產，以及一間屬於自己的房間。

這話換在今天，也不過時。理想再好看，繞不過現實問題。

然後，我就跌入了持續好幾年的、以賺錢為唯一目的的人生。什麼項目都接，只要能賺錢。跟朋友合開公司，一個文藝女青年，收起敏感的內心，奔波在各種客戶之間。

初期還接些稿子寫寫，後來一盤算收入產出比，寫稿明顯是最不划算的一樁，便降至優先次序級最末，後來乾脆停筆了。

有一年過年回家，我天天在電話裡說的都是這筆賺多少，那個單子利潤如何，聽了幾天後，我媽驚恐地瞪我說：「你可別變成個錢串子！」

努力賺取立足於世間的條件，逐漸習慣了一切時間支出，都以收益衡量。每一天思考的是，今年可以再存下多少錢？這個方案怎麼做？車是否要換輛新的？房子要裝修個什麼風格？

「這一生為何而來？要往哪裡去？我有沒有做自己？」這種遙遠的質問，即便夜深人靜，也不常在心裡出現了，頗過了一段與世和諧相對的日子。

＊＊＊

直到有一天，開瑜伽館的朋友，給我發了個邀請短信，說她們請來一位印度大瑜伽士，邀請我去聽其開示。

我第一反應就是拒絕，那時天天忙得腳不沾地，哪有閒空聽什麼開示。

朋友又勸，說這是多難得的機緣，禁不住勸，只好答應下來。

那天，趁上班間隙，開車趕去瑜伽館，一路上心浮氣躁，覺得實在浪費時間，很是不情願。

到了後，被召至第一排安坐，周圍的人估計大多是剛剛練完瑜伽出來，面色紅潤，神態安寧。我一身職業打扮加上一身躁氣，自覺格格不入。

耐著性子坐定，心不在焉，腦子裡在琢磨第二天要發客戶的提案。

好不容易熬到最後一個環節，冥想。大家閉上眼睛，逐漸放鬆，跟隨瑜伽士簡單的言語引領，進入到一種十分靜謐的狀態。

我坐在那裡，雖閉著雙眼，卻連一秒都靜不下來，念頭嘩嘩地沖過來，焦灼不安。身體一會兒這兒癢癢，一會兒那裡不適，心裡像有貓抓，片刻不能靜止。

不堪折磨中，我偷偷半瞇眼看旁邊的人，再瞅瞅像已入定的瑜伽士，卻正對上他忽然睜開來看我的眼睛，目光澄澈慈悲，意味深長地，對著我緩緩點了下頭，閉上了眼。

不過幾秒，我猛然在他的目光中看到了自己，潦草、不安，像一團隨風飄蕩的塵絮。

已忘了當初為什麼選擇這條向外求的路。

從瑜伽館出來，冷風一吹，片刻清醒。開車穿行在三環的車陣中，心裡明白了很多。

這一生為何而來？這個問題又飄然而至。

想到剛經過的幾年，積蓄增加，現實的種種技能提升，卻感覺麻木，如履薄冰，常常為很多細節憤怒，內心極少升起慈悲的時刻。幾年裡沒有好好看過一本書，審視自己，竟已面目全非。

好在人生中總有一些上天恩賜的覺醒時刻，讓我重新想起了，當初努力想獲得立足世間的資本，本是為了能有一天致力於精神的提升。

內心覺醒，不意味著可以迅速解脫，往往先來的是痛苦。

因身體浸在現實的強大慣性和責任裡，而靈魂先一步要求結束，反而不知道自己該怎麼走了。

估計這是很多人都經歷過的困境。

***

現實種種，已不甘願，而未來走向，又不清晰。為了認清自己，我借助過許多種靠譜不靠譜的方法。

找過塔羅師，算過八字，排過星盤，只為點滴拼湊起一個我看不清的前世今生。

在兜兜轉轉的嘗試中，漸漸更知道，確乎有一種類似「天命」的東西。

唯有這個東西，是一生的方向。人們常說「做自己」，歸根結柢，是順應天命後的盡力而為。

三十歲生日來臨的前夜，或許是長久的迷茫終於吸引來外在的因緣，我忘了怎麼就看到一篇關於「如何找到你的路」的文章，作者大概是一位靈性導師，因他非常篤定地說出一種方法。

大意如此：

「找一個夜深人靜的時刻，先靜坐（靜坐時間依從平日習慣而定）。然後拿出一張紙，從紙的最頂端開始，一一列下你今生想要做的事，無論它多麼荒謬、不可思議，也不要停下，只是持續地寫下它。

「直到，那個你靈魂所向的事出現，你會痛哭流涕。

「如果沒有出現，則放棄。下一次獨處安靜的時刻，重複以上動作，直到讓你痛哭流涕的答案出現在紙上。」

我當時不太知道這是基於什麼原理，並不很相信，可或許是內心十分徬徨，找不到出口，索性試一試。

我那個晚上都寫下了什麼，至今保留在備忘錄裡。

確實，在某一個答案出現後，筆停頓了幾秒，感到內心被重重擊了一下，眼前變得模糊。

現在想來，生命中最重要的轉折，都來自清楚了「這一生為何而來」之後。

幾年過去了，當初的指引讓自己一直身勤心安。不時拿出來看一看，就知道現實的一切，孰重孰輕。

＊＊＊

隔了幾年回頭看，那些為增加財富和技能所做的忘我努力，不是白費，它讓我擁有向外選擇的能力。

這是人生中的底氣，是感知幸福的條件之一。除此之外，重要的，是不懈地去探求「這一生為何而來」。

有一個詞：「現實的理想主義者」，大概可以概括這兩種追求的平衡。空有情懷而不知如何實現，那只能讓別人嘲笑你的情懷。而深諳現實的輾轉騰挪，卻只將輾轉騰挪作為目的，那與鹹魚無異。

慶山說：「業是我們沒有完成澈底的事，因此你會回頭看。」

「所以，好的方式是，完全地終結手裡經過的每一件事，這樣才能放下。」

慶山又寫：「有生之年，盡量低消耗地讓肉身活著，享受簡單本真的喜悅，接納一切發生。盡量高消耗地讓靈魂活著，學習、勞作。然後乾乾淨淨離開。」

這是我的理想。

8

我生活在時代的烏托邦裡

在大理生活的社區，很像這個時代的一個烏托邦。剛搬來時的新鮮和興奮退去，住了兩年，對周圍的觀察有了一點相對客觀的定見，大概可以算安居樂業了。

新的社交圈，幾乎全部是和我一樣，從全國各地移居來的家庭。北上廣深最多，成都、重慶、杭州過來的，也不少。

甚至我住的社區，因北京來的極多，被坊間戲稱為北京「第九區」。社區裡停泊的車輛，大多是外地牌照。

大家的背景、價值觀多元，卻又在許多方面極其相似，我粗粗總結一下，大概集中在幾個點：

——注重生活品質。

——願意在天然、健康的生活方式上消費，錢花在真正影響生活品質的、別人看不見的地方。

——花極多時間陪伴孩子，享受家庭生活。

——百分之九十以上親自帶孩子，而不會全權交給老人，少見專門雇用育兒保姆的家庭。

——大都有愛好和特長，以此為生，或為此花費掉大量時間。

——大概百分之五十以上可稱為「小業主」（即經營民宿客棧、咖啡館、書店、工作坊等）。

女兒上的學校，上百個家庭，集中呈現了上述特徵。最打動我的一點是，父母需以特長立足。

在大城市生活，每個人外在的社交標籤，更常見是他的職業身分。隱形而又極重要的標籤包括：曾經就讀的學校、有無房產／有幾間房產、是否創業、是否在某個圈層中有話語權。

而如今，目之所及，烹飪、烘焙、攝影、寫作、設計、軟陶、跑步、登山、中醫、茶道——諸如此類的特長愛好，是人們通用的社交標籤。

每個人都有至少一項愛好，大量時間花費其上。

孩子們普遍對你爸爸會什麼、我媽媽會什麼更為自豪，而不太有你家房子多大、我家開什麼車的概念，尤其職業身分是極淡化的。

我以為以特長在人群中立足，相比以外在的財務和身分標籤立足，更接近一個人的自然屬性和本質。

有一次，女兒的邀請日（這一天她可以邀請小朋友來家裡），約了她的好朋友來家裡玩。

這個小姑娘的父母是開有機農場的，爸爸會自己動手幹各種蓋房建屋做傢俱的活，農場裡蓋餐廳搭豬窩，焊草莓架，甚至簡單的水利系統，都是自己動手完成。

我在廚房做飯，聽到客廳裡兩個小姑娘比拚各自的爸爸。

「我爸爸，會蓋房子，會做桌子椅子，我爸爸最厲害了！」

在這樣的攻勢下，我女兒明顯處於弱勢，憋了半天，忽然想到了，興奮地說：「我爸爸會搭帳篷，搭很大很大的帳篷。」

孩子爸來到大理，人生頭一次為了沒有一項可供女兒自豪的特長，頗感焦慮。過去在人群中的成就瞬間歸零，每日開始花很多時間在讀書、運動上，並且汲汲於能發現一項愛好，以供傾力打磨。

這真是返璞歸真的開始。

＊＊＊

社區裡，時常組織露營登山之類的活動，一有時間，大家就拖家帶口投身自然。幾乎家家都置辦有露營設備，帳篷、戶外桌椅、炊具等。

上一次，十幾個家庭一起，自駕到三百公里外一處更原始的湖邊露營。傍晚時分抵達，大家支起帳篷搭好爐灶，大鍋裡咕嘟咕嘟燉著山雞，香氣飄蕩於湖面之上，忽遠忽近。

山中冷寂，湖水清瑩，粉紫色的霞鑲在遠山上，又映在水中。四周杳無人跡，卻有幾頭牛閒閒地啃著草，踱步離去。

孩子們奔跑笑鬧，因天高雲闊，朗朗笑聲散在山水之間，一時恍惚，自覺如置身仙境，繼而感嘆自己何德何能，享此福報。

大概有此感觸的不止我一人。下水玩耍，一個爸爸靜靜仰躺在水中，頗久，忽然大喊一聲：「我就是人生贏家！」

周圍一眾大人笑噴。

人生確乎有一些千金難換的時刻，感受到天地奇妙，怦然心動，或內心奔湧出狂喜及感動。它們稍縱即逝，影響卻恆久綿長。如緩緩注射至靜脈的愉悅劑，給了庸碌的生命與高采烈展開的理由。

那個當下，我心裡感慨，又是人生中一個千金難換的時刻。它未經計畫，不期而遇，一旦出現，自帶某種意義。

這群人，大都在大城市打拚過，或許是心性散漫，不願受拘束，最終走上了一條不合乎時代主流的自由道路。

初以為要在時代的夾縫中艱難地求生存，未曾料到，竟是如此愜意。

＊＊＊

來大理很長時間，我都好奇，這些人以何為生？

每天並不會花很多時間在所謂工作上，但日子好像也都過得挺不錯的。

更熟悉後，知道大部分靠經營一點小產業為生，各類客棧、民宿、青旅、餐廳、書店、咖啡館、手工坊。還有些靠從前積累的資產，比如大城市的房租、股權收益等。

這類職業的共同點是，生活和工作沒有界限，頭幾年最辛苦，逐漸上軌道之後收入穩定，可獲得更多自由時間。

早年看到過一個詞叫「倉鼠輪效應」——倉鼠拚命蹬動滾輪，以此獲得前進的空間，卻不知自己一直在原地空轉，終生無法擺脫。

大批中產階層的一生，正像輪中倉鼠，陷在掙錢、買房、買車、提高消費、再掙錢還債、支撐消費這個輪中迴圈，終其一生忙忙碌碌，看似積極上進，卻始終與自由無緣。

少數人得以看清這迴圈，初期奮力開源節流，投資自己，將每一分賺來的錢，花在資產積累而非負債消費上，日積月累，被動收入逐漸增加，終有一日為自己能飛出現實的迷樓，助一臂之力。

在大理生活，我像站在兩個世界的中間，時而左張右望。

舊世界裡的朋友，大多有不錯的工作，收入高，消費水準也高，卻一天不工作，這種光鮮的生活便一日無以為繼。

大理新世界裡的人，像是早就領悟到一定要跳出倉鼠輪的人生奧義，大部分收入來自被動收入，空出時間經營產業、打磨特長，至少走在一條良性迴圈的路上。

甚至，這裡少見穿高跟鞋濃妝豔抹的女子，倒是極多熱愛運動的健美人士。

做一個小業主的好處，大概是不必為了退休養老這樣的問題過多焦慮，因一生沒有明顯的工作／不工作的界限，隨著時間的累積，只要經營得當，便只會越來越輕鬆。

而壞處，大概是收入的天花板清晰可見，不要想靠此發大財，以及自主經營一樁產業，需有強大的自律和學習力托底。

＊＊＊

在大理的一天，早上所食麵包、果醬、優酪乳等，來自社區中某幾戶家庭的手工製作。

每日喝的茶，是從一個專事修行的師兄處買來。

桌上那把鬱金香，購自另一個鄰居。包子、饅頭，甚至菜籽油、大米，也有至少三四家家庭作坊在提供。

女兒的衣服、玩具，多購自社區的二手集市。除此之外，名目繁多、異常活躍的微信互助群，讓生活十分方便。

在發達的大城市，包圍生活的是一堆機構，這帶來了規範和便利，也失去了與個體的連接。當你的生活需要幫助的時候，找保潔、維修，哪怕買一個牛角包，首先想到的是品牌、機構、電話號碼。這使生活變得抽象。

在這裡，一切生活所需，最先想到的是一張張鮮活的臉。你非常清楚，吃到嘴裡的麵包，經由誰的手製作而成，並可信任裡面所有的配料。吃的大米，如果你願意，可以去看從插秧到磨米的全過程。

生活不再是抽象的集合，你看到它發生的全過程。

你可能會問，知道這麼多有什麼用？

我說不出有什麼用，我只知道，每一天的生活，真實到可觸摸。這具象的過程，給人極多對生活的感悟。

當然，這樣的生活也充滿挑戰，因為沒有發達的機構，許多生活瑣事只能自己動手。

我們請木工打的傢俱，找不到專業的油漆工，又希望盡量環保，只好自己動手，給所有傢俱打磨、上漆，持續近一個月才完成。

第一次自己動手做這些活，清晰地看到頭腦紛飛的意念經由勞作得到過濾、修寂，無波無瀾。之後溢出真實無緣由的平靜和愉悅。

當打磨得熟練些，一點點看到木頭的紋理顯現，你能感到它真的曾經是一棵樹，感受到它曾經的生命歷程。

它也曾是自然中一處鮮活的存在，集天地精華活成一棵獨一無二的樹，又歷經多少年來到我的生命裡，作為一張桌子、一個書架繼續它的存在，這讓我由衷生出珍惜的情意。

這種珍惜，並不是鋪上厚厚的桌布讓它與傷害絕緣，而是在我們共處的時光裡，物盡其用，並且盡量長久地陪伴。

親自動手、使用手作的物品，是對買買買根本的厭棄。時間是具象的，人在一件物品上花的時間會轉化為情感，而人對情感的訴求，是盡量綿長。

***

每周有一天，社區裡的家庭集中上課，關於「如何更好地陪伴孩子」，課程免費開設，自由參與。涉及如何傾聽孩子、情緒接納、正面溝通等。

對家庭教育的重視和傾心投入，是這裡許多家庭的共同訴求。

曾經多見做父母的傾盡全力，為孩子選擇最好的學校。當回到家庭教育，大多便將就了，更難談有凜然家風可供傳承。

因此，我常常為這群人的獨立意志和勇氣所觸動，很多家庭放棄了在大城市上重點學校的可能，跑來這樣一個邊陲小城，親身參與到新式教育實踐中。

更重要的，大家對教育，有一種難得的放鬆氣質。

或許是在家庭教育上，足夠盡力盡心地參與，從而消解了焦慮。

我因此思考，外面普遍彌漫的對教育的焦慮，憑何滋生？觀察所得，我以為一個是不懂教育，因而不能形成自我見地，只好盲從，卻不得心安。另一個是家庭教育的真空，父母將對教育的期待全部寄託在別人（學校或機構）手裡，卻又無法從心底給出信任。

解決的方法，只有父母自己學習領悟教育的真諦，花費時間心力投入地陪伴。這兩者，任一條都很難。

因在一定時間長度上，它的效果隱微不可見，只有真正沉心靜氣的父母，才甘願把年輕時的大把時間，花在這件重要卻不緊急的事情上。

對待孩子，沉心靜氣，尤是這時代最缺的氣質。

前天進影院看《無問西東》，沈光耀母親對兒子說及那段話，我坐在黑暗中淚如雨下：

「我們想你，能夠享受人生的樂趣，比如讀萬卷書行萬里路，比如同你自己喜歡的女孩子結婚生子，注意不是給我增添子孫，而是你自己，能夠享受為人父母的樂趣。

「你一生所追求的功名利祿，沒有什麼是你的祖上沒經歷過的，那些只不過是人生的幻光。」

我們退守這處小城，整日裡與這樣一群勇敢又放鬆的人來來往往，借此享受到人生的樂趣、為人父母的樂趣，一生所追求的，至少不盡是人生的幻光。

我希望這是女兒眼裡看到的父母，曾盡力為她展現出人生可以有的樂趣和華彩。它們與他人無關，甚至與時代無關，我們傾力而為，活在自己心中的烏托邦裡，是我們內心真正認同的、真實的生活。

有一天她展翅高飛，我想要她心中充溢的，是對世界和人生樂趣的好奇，而不是對功名利祿的欲望。

年輕不過就這麼些日子，如此珍貴，因而我們如此度過。

9

當媽後的自我呢

女兒三歲半了，前幾日突然想到，自從當了媽，我竟然長達四年沒進過電影院。兩周前去看那部《無問西東》，是這幾年來頭一次。

那天晚上，陪女兒遊戲後，安頓她上床，爸爸講故事，我匆匆出門，一個人開車去最近的影院。電影結束，已近午夜十二點。

開車回家，不過十分鐘車程，我以五公里的時速開了半個多小時。

空氣裡都是自由的味道，街上寂靜無聲，在一個路口停住，半山上望下去，環洱海的街燈徹夜不息，像山海間的一道霓虹。

我是一個媽媽，同時有一份雖不用朝九晚五，但也頗耗精力的工作，為這兩樁事放棄的，只能是自我的時間。

自己全職帶孩子的媽媽，大概頭上都懸著一把劍，叫做「與社會脫節」，常常一邊投入，一邊焦慮。

四年沒進過影院的行徑，大概會被歸為「與社會脫節」的典型特徵。

＊＊＊

女兒開始上幼稚園後，我獲得了每天六小時的自我時間，我爭分奪秒，如飲甘泉。

在此之前，無論去哪兒，先是身上掛著個孩子，再到手上牽著個孩子。沒上幼稚園時，遇上我必須要出的差，也得捎帶上她，然後先生跟著，一家三口一起出差。

當媽之前，一年數次的獨自旅行，也早就不知是何滋味了。

這種看來毫不從容優雅的場面，是我幾年來每天重複的生活，對於曾經標榜女性一定要自由獨立的我來說，「圍著孩子轉」無疑印證了「當了媽就失去自我」的標籤。

有一年，老朋友來家裡小住，看到我一手抱娃一手俐落地做家事，聽到我開口跟孩子說話的腔調，不禁肉麻地抖了一抖，掩面驚呼：「你竟然變成了這樣！」

「這樣」，兩個字真是意味深長。

許多朋友屢次約我出去，未遂，理由都是要陪娃幹這幹那，她們看不過去，說你叫爸媽來幫忙啊，或者請個育兒保姆也輕鬆些。都被我在心中否決了。

我無意貪圖「好媽媽」的標籤，只是做任何自己選定的事情，都癡迷於澈底地投入其中。

每一樁事，我都有一種對自己頗為執拗的要求，即「在那個時候，我傾盡了全力」。養育孩子，如果借他人之手，保姆或父母，於我都不能算傾盡全力。

村上春樹用「任性自專」概括這種個性，寫道：「倘若世間盡是像我這樣任性自專的人，大概也會令人為難。」

確實如此！

但我更需要在日後不會發生「那時要是那樣做就好了」之類的懊惱。竭盡全力的標準，於我是要確定，自己在當時肯定沒有本事做得更好了。唯有如此，才能心安。

因此我坦然接受的一個事實是，我無法做到一邊帶孩子，一邊塑身美顏做辣媽，一邊保持高產的創作，一邊還能擁有正常頻率的社交生活。一件事上的廣度和深度，不能在同一個人生階段內兼而得之。

因此，從來不羨慕斜槓青年那樣仿似開掛的人生，因其要麼先天能量就異於常人，要麼在追求廣度中，暗暗地犧牲了深度。

「憑時間贏來的東西，時間肯定會為之作證。」

＊＊＊

看過梁寧寫的一篇文章，講到「沉浸感」，即人一段時間全然沉浸在某件事上，這種「沉浸感」，催生幸福和滿足。

這一點在當媽這幾年，有深切的體會。

懷孕伊始，便決定與過去的忙碌一刀兩斷，親手養育她，成為生活中優先順序別排第一的事情。

因為和母親的關係，是人一生中所有關係的基礎和源頭。在我們這代人身上，看到了太多媽媽是女兒一生的阻礙和功課的案例。

因此由始至終，作為媽媽的我，只有一個訴求，我不要成為她人生的功課。

這幾年親自帶她，自己一同學習成長，逐漸能將「不成為她的人生功課」這個大的訴求，做一些細小的解讀。我曾鄭重其事地寫在日記裡，作為未來日子對自己的提醒：

1. 情緒平和。
2. 覺知／放下任何想要控制她的念頭。
3. 不給她傳遞「未來她該怎麼過」的期待，給她「你可以過好人生」的信任。（這一點，後來在女兒幼稚園的教育理念中看到類似的表述：期待傷人，信任養人。非常認同。）
4. 無條件給出愛，無條件接納。
5. 不懈地提升自己的認知，磨自己的心性。
6. 永遠不要求她回報，當她成年，對她說：「你不欠媽媽任何東西，你可以了無牽掛遠走高飛，媽媽也有自己熱愛的事。」

當時邊列邊想，若能如此，母女一場，足夠心滿意足。

因為孩子，這幾年我獲得了極大的成長，表面看似乎陷入失去自我的境地，只有自己知道，少看幾場電影，少些獨處的時光，少瞭解一些最新的潮流資訊，又有什麼要緊？

當你掘地三尺，在某一項任務上傾盡全力時，自我所有的面向，都在這種「沉浸感」中得到了全面的升級。

＊＊＊

女兒自小節制，別人送她大盒糖果，交由她自行保管後，她會自己配置每日數量，一日一顆，絕少貪嘴。

生日時爺爺遞來兩大盒巧克力，她竟吃了兩個月之久，每日拿出一顆吃完便放回原處，再不貪戀糾纏。我們不叮囑不限制，暗自好奇，小小年紀的自持，真是讓人驚訝。

三歲起，她每晚睡前將自己第二日去幼稚園要穿的衣服搭配妥當，整整齊齊放置床尾，第二日一早穿上。

有時我換副耳飾，去接她時，她盯著看一會兒，忽然來一句：「媽媽你好漂亮。」

給她做了吃的，也會說：「謝謝媽媽給我做好吃的。」她說過很多次，我每次聽了，還是會覺得感動。

幼稚園每天有晨會發言，小朋友說自己開心的事，有一次我在當天的老師紀錄裡驚駭地看到她說：「今天開心的是，早上爸爸給我吃了泥巴。」

第二日，她又發言說：「今天開心的是，早上媽媽給我吃了樹葉……」

害得老師開玩笑問我：「你們就不能給孩子吃點正常的嘛。」

……

晚上躺在床上給她念詩，我自己先陶醉其中，她在一旁安靜地盯住我，臉上表情細微變幻，有時新鮮好奇，有時跟著搖頭晃腦做出享受之態。

某一日，她自己邊玩邊哼著自編的調子，幾句之後，唱詞忽然接續為給她念過的北朝民歌：

敕勒川，陰山下，天似穹廬，籠蓋四野，

天蒼蒼，野茫茫，風吹草低見牛羊。

古雅的詩詞配上童音，一種將人定住的氣氛，聽得我入迷，大氣不敢出，生怕打斷了那個幸福的場景。

養育孩子，諸般勞累，但震動和狂喜，也常常不期而至。

＊＊＊

縱然如此，我從來也說不出「生孩子讓一個女人的生命更完整」這樣的話。並且，也絲毫不認同它。

孩子、婚姻、職業，這些是一個女性自我之外的附加項，它們不會憑空讓人幸福、完整，根本上還是取決於我們跟這些選項的關係。

上周參加社區課，聽到關於「生育動機」的闡述，恰恰應和了心裡長久的思考，很受啟發，記錄如下：

當代中國女性的生育動機，大致可以劃歸三類：

1. 愛的溢出，即兩人相愛不止，生個孩子共同養育作為愛溢出的載體，如小說裡寫「愛的結晶」。
2. 隨大流，完成生育任務。這背後常常是老一輩給壓力，以及迎合主流文化中將女性作為生育工具的聲音。
3. 生個孩子來繼承家產或者分家產，多出現於嫁入富貴夫家的女性。

三種不同的生育動機，先天地決定了生孩子對於媽媽的自我而言，是損耗還是助力。

我們若是觀察一下周圍抱怨「當了媽會失去自我」的媽媽，會發現她們大多持第二種生育動機。

我想說的是，女人的自我沒有那麼好失去，生命裡迎面而來的每項任務，都可以成為塑造自我的工具，可以成為我們通向完滿的道路。

需要做的，恰恰是忘我地投身進去。

＊＊＊

有讀者問我，如何看入世和出世的關係？似乎我的「逃離」生涯，先天擁有了出世的意味；然而我又勸人對每一樁應盡之事，都全力完成，再盡力放下，態度頗為入世。

入世，出世，年輕時沒有定力，倒是常想些這樣的問題。當了媽這幾年，一邊頂著出世的標籤，一邊奮力過勞碌的生活，發現這些不過只是個標籤。

一次，陶行知問弘一法師：「您對人生有什麼看法？」

法師回答：「總是忙於諸多應盡而未盡之事，還未及想過對人生的看法。」

這幾年，真正悟出了其中的意味。

如瑞蒙・卡佛所寫：

「我們能夠帶進墳墓裡去的，歸根結柢，也只有已經盡心盡責的滿足感，以及拚盡全力的證據吧。」

10

婦女到女神的這些年

婦女節，唯一一個歲歲年年名不同的節日。婦女節—女人節—女生節—女神節—女王節，短短數年，我們就從勞動婦女一路榮升為神仙和大王。

當然，把我們捧上天後，人家背後的詞兒是這樣的：

——當了女神了，就得有個女神樣，要寵愛自己哦！

——怎麼寵愛？

——買買買！

再不就是：能為女神買買買的男人才是真愛！

苦心命名的人，既害怕觸動關於性別的敏感神經，又虎視眈眈盯著我們的各種卡，百般斟酌，也是夠難的。

上世紀波茲曼還曾憂心忡忡地撰寫《娛樂至死》：「過去，人們是為了解決生活中的問題而搜尋資訊，現在是為了讓無用的資訊派上用場而製造問題。」

如今再看，倒像在說「消費至死」：過去，人們為了需要買買買，現在是為了讓囤積的貨品賣出去而製造話題和節日。

據說，女人成了新中產消費的中堅力量，我們左右自己、男人、全家的消費方向，因而成了所有電商拚死爭奪的目標。

於是，本是紀念爭取女性解放的婦女節，如今被我們用買買買來重新定義。

我時常犯陰謀論，妄自猜想，正是對性別重新定義引起的焦慮，在幫助時代榨取我們的血汗錢。如果只是女人們因生活需要買點東西，如何能支撐起當下的消費繁榮。

早前，女人要賢良淑德相夫教子；後來，女人要頂起半邊天；現在，女人既能在家相夫教子，也能出來拚殺職場，擁有嫁不嫁生不生的理論自由，可選了任何一條，都會有一堆人出來對你苦口婆心。

以致每一種選擇裡，都有濃濃的焦慮。

＊＊＊

我的一個朋友，先生事業小成，家境殷實，育有兩子。為了給孩子最妥貼的照顧，生完第一個後，便辭職在家，做了全職媽媽。她一直強調，自己不是傳統的家庭主婦，因為雇有保姆打理日常家務，她的主要職責是育兒。

回歸家庭之前，她的工作成績就很亮眼，做了全職媽媽後，兩個孩子竟也帶得得心應手，我對她感嘆，能幹的女人，真是在哪兒都玩得轉。

去年她喬遷新家，我去做客。她帶我參觀新居，走至主臥，看到床對著的那整面牆，掛了厚厚的白色簾子。她將簾子拉向兩邊，露出一面頂天立地的「鞋牆」，收藏著五顏六色的高跟鞋，大都是名牌貨。

我眼花繚亂又震驚，脫口而出：「你神經病啊，這得有幾百雙……」

朋友笑，近兩百雙，都是辭職回家後這幾年買的，大多數都沒穿過。她整天帶孩子，哪裡有場合踩高跟鞋。

我問她帶孩子很消磨嗎，她說也不是，就是覺得自己回歸家庭這幾年，失去了曾經追求的自我價值，聽說以前哪個下屬又升任高職了，心裡就癢癢。平日交往的雖然大都是跟她一樣的全職媽媽，可她心裡常覺得，自己跟她們不完全是一類人。

我於是明白了那些高跟鞋存在的意義，那是她心頭的遺憾，也是心底的念想。

那些把年幼的孩子丟給老人和保姆，回到職場追求經濟獨立和自我價值的媽媽，有多少人都曾在夜深人靜時，懷疑並焦慮著自己的選擇？

當了媽的女人，人生的選擇常常像一堵矮牆，兩邊的人互相張望，時不時互相羨慕，而你要她跨到另一邊去，她一定是捨不下這邊的，只恨不能站在牆頭上，同時拎起兩頭。

＊＊＊

那麼自由的單身女性朋友呢？

我的一位三十五歲的女性朋友，有顏有才，經濟獨立，各個方面基本活成了大城市單身女的樣本。

可是，她卻要承受每周電話中來自親爹的責罵：「你這麼大了，還挑什麼挑，找不到男人結婚，就說明你有問題！」父母生活在三四線小城，焦慮獨生女要孤獨終老，成了一塊重重的心病。

職場上的挑戰都沒有輕易讓她掉淚，卻在又一通這樣的電話後，哭著打給我：「我覺得我真的會孤獨終老的，有時很絕望。」

而那個回歸家庭的鞋控朋友，也時常要聽父母的嘮叨：「我們精心培養了那麼多年的女兒，最後竟回家給人家帶孩子。」

除了家庭內部的質疑，社交媒體上，迷戀於輸出定見的人士，輕易便會說：「結婚生子後，女人也一定要保有工作！」或者：「當媽卻沒空陪孩子，你再成功也是失敗！」又或者苦口婆心地諄諄教誨：「家庭主婦在社會上沒地位，所以親愛的，不要輕易嘗試它，無論男人還是孩子，都不值得你用放棄工作來換取！」

這些都沒有錯！可是過於絕對了。一副「為你好」的面孔，把自己的選擇，說成是唯一的正確。

可是生活有多複雜，每個人的處境有多錯落迷離，不是真正身處其中的人，又如何能這麼輕易地指手畫腳，隨意判定？

＊＊＊

非此即彼、非黑即白的定見，催生的不是性別的自由和平等，而是女人積於內心的深深焦慮，是男人扛於肩頭的重重壓力。

焦慮之下，許多女性做出了盡量折衷的選擇，在家庭和社會要求女性履行原始職能的壓力下，選擇生育；又在社會對女性獨立的價值鼓動下，選擇把孩子交給老人或保姆，回到職場實現自我價值。

選擇沒有對錯之分，重要的不是選擇的結果，而是選擇的初衷。是因為喜歡孩子，去生孩子，而不是什麼「生孩子會讓你的生命變得完整」之類的論調；是因為熱愛工作而回歸職場，而不是因為「不工作就會失去自我」的恐懼。最重要的，是不把男女標籤看得太重，而先以一個人來看待。

沒結婚的三十歲以上的女性，不被貼上「剩女」的標籤；不想生育，不被說成「不像個女人」；回歸家庭，不被評定為「放棄自我」。

同樣，男人不願為女人付帳單，不因此被視為「渣男」；男人不想結婚，不被貼上「不負責任」的標籤；男人撒嬌，哭泣，回歸家庭當個暖男，能不受到非議。

社會在性別上的進步，在於大多數人有自由做出最適合個體的選擇，而外界能給出基本的包容；甚至不需要包容，只需無感。

沒有什麼選擇會讓一個人憑空完整，或憑空失去自我。婚姻、工作、家庭、孩子、自我，都是人生道路上摸到的一張張牌，每一張既是生命的獎賞，也是未完成的功課。重要的不是每一張的牌面大小，而是打牌的人。

那些把任何一張牌的作用極力誇大或貶低的言論，盡量不聽。享受獎賞，盡力完成功課，從中得到智慧。

11

通往自由的路

以前曾有一位主編對我說，每個人來這世上都有不同的功課（使命），有的為體驗，有的為完成某件事，有的是還債，還有的是累世的修行人，此生帶著任務來。語罷，她盯著二十五歲的我，緩緩說，你要及早感知到屬於你的功課。

當時我心裡竊笑，覺得這也太神道了，反問她，那您的功課是什麼？完成了？她聽出我語氣裡的不屑，搖頭笑了笑，閉口不言。

不屑歸不屑，但她的話還是像種子一樣，埋在了我心裡。

近幾年，或許是我的心氣更沉靜了些，開始有意無意地，總是想起她說的話。

再看周圍，好像真的總有些人經年累月在戀愛中浮浮沉沉，有些人需要賺特別多的錢來填補內心的空洞，有些人終其一生都在處理親密關係，也有些人一早就奔向終極的精神命題。

我時常納悶，別人為何會把大把時間花在我覺得不重要的課題上；而反觀自身，我是不是也為了同一個命題，多少年躊躇而行。

人生功課不一而足，卻都在左右著我們的心念和選擇。

＊＊＊

我有一段時間，為了職業方向困惑不堪，終日苦苦思索，覺得這應該是人生最困難的命題了吧。

為了得到點啟發，有天下班後，我專程去一位職場前輩家喝酒聊天。

當時她一個人住在國貿附近的高級公寓，年近四十，事業順遂，沒結婚，獨居的生活在我看來，清淨又自由。

這樣的人，一定沒有職業困惑了吧，多讓人羨慕啊。如果我在她的年齡，能活成這個樣子，我就滿足了。

那天晚上，幾杯酒之後，她慵懶地窩在沙發裡，背後是整面牆的落地玻璃，國貿林立的高樓和璀璨的燈火，一覽無餘。

我問她：「我不喜歡現在的工作狀態，不自由，但又不知道怎麼突破。」

她說：「工作這種事，沒什麼難的，方向對了，努力夠了，就會有你想要的結果。幾乎所有的職業困惑，都可以倒推在這兩點上找原因，我問你，你的方向是什麼？為此做了什麼努力？」

我想了想說：「我想要不受束縛的工作，全憑我自己做主。」

「那你要麼有一技之長，要麼創業組團隊，要麼能讓錢生錢。三條路你選一條，然後付出所有努力。」

就這麼一句，我聽得醍醐灌頂。

她接著說：「這世上凡是遵照『一分耕耘一分收穫』的事，都不難。難的是那些你努力了也未必有結果的事。」

她頓了頓，感慨說：「我多羨慕你只是為了工作困惑啊。我的千年謎題是感情關係，半輩子盡折騰它了，到現在仍然一點辦法都沒有。」

那是我第一次認真地思考，可能真的每個人都有各自的人生功課。許多人的功課是類似的，比如親密關係、錢財、出名，甚至做自己。

那我的呢？

浮名浮利向來不是我的菜，我在親密關係上也挺順的，好像我也一直都能「做自己」。

直到有一天在給女兒洗澡時，忽然覺察到，我的功課，竟是我一直汲汲以求的「自由」。

連女兒的名字，大名「逍遙」，小名「由由」，多少也是這種執念的投射。我還常自詡不給孩子以期待捆綁，實則哪能逃得開。

人生功課，如影隨形，即便許多人看不到它，它卻化身各種面貌左右我們人生的劇情。一天不完成它，就一天得不到解脫。

＊＊＊

舒國治曾說：

「人生際遇很是奇怪，我生性喜歡熱鬧、樂於相處人群，卻落得多年來一人獨居。我喜歡一桌人圍著吃飯，卻多年來總是一人獨食。」

當年看到這裡，內心靈光掠過。

我生性喜歡寂寞，渴望離群索居，卻從來不得清淨。

我生在一個大家族，父母豪爽好客，朋友極多。記得每回過年，初一至十五，家裡人來人往，如同開流水席，一桌人散去，不多時又能湊夠一桌人開席。

少時我常把自己關在房間看書，一整天也不願打開門與外界相對。心裡想著，終有一天，我要遠走高飛，一個人清清淨淨地過上許多年。

後來畢業，戀愛，結婚，生子，有了自己的家，無形中卻也承繼了一個豪爽好客的性格，家裡總是人煙不絕。

許多年裡，哪怕夜半，都能接到朋友打來傾訴人生困惑的電話。

除了暗暗嘆息，耐心傾聽，我也從來說不出「請不要來煩我」這種硬話。

以至於一路行來，聽了許多故事，主動或被動地解了許多生活謎題，接納了許多情緒傾吐，竟讓我對世事人心有了超出一己人生經歷的洞察和感知。

不知道算不算塞翁失馬？

後來竟還擁有了「親和力」這種標籤，若是當年面對我年少時一張冷臉的親戚們知道，不知會作何感想。

對自由清淨的執念，大約也在日復一日的與人群相對中，變得愈加強烈。

* * *

從十七歲離家、為自己的人生做主開始，我所有選擇都圍繞「要自由」這條主線。

我不喜歡被束縛，害怕被他人操縱、控制，同時盡力避免對某些東西依賴上癮。

我先是擺脫掉上班打卡的工作，成了自由職業者，從而獲得了時間自由。

接著，我發現時間自由太表象了，如果沒有經濟自由，時間自由不過是一種虛浮的假象。

為此，我花了很多時間去攻克賺錢這個難題。有了一點方法後，我又發現，經濟自由沒有標準，它取決於一個人對物質舒適的感覺邊界，這個邊界又依賴於精神的豐滿程度。

於是，這些年，我在打磨精神世界上頗費了一番心力，大概做到了對精神滿足的依賴超越了對物質豐盛的渴求。這意味著，我在一定程度上獲得了經濟自由。

為了和現實生活不要有太深入的捆綁，我拒絕會長期將我綁定的事情，比如貸款買房之類，一直遵守有多大能力買多大房子的原則，家庭零貸款。

這一點曾屢次被精明的朋友批評財商太低，不懂得利用槓桿獲得更大的財富增長，這我也認了。畢竟甲之蜜糖，乙之砒霜。

追逐自由的許多年過去，如今舉目張望，聊有安慰。我終於過上了不用上班打卡，賺的錢足夠自己取用，沒有物質的匱乏感，精神上感到滿足的生活。

然而我感到自由了嗎？

並沒有。

人一直渴望掙脫的東西，即便掙脫了，仍然存在於我們心裡。

一件事上的自由，意味著在另一件事上的不自由。比如告別了打卡上班後，才發現從此那張卡長在了心裡。

自己創業，不用打工看老闆臉色，這同時也意味著，你多年裡會無法享受假期的自由。

我終於願意承認，在個人成長的維度上，追逐「自由」並不比追逐名利更高級，這些都是自我創造出的執念。

真正的自由是什麼？是不再為了自由而要掙脫什麼，是在束縛裡沒有了束縛感，是心無所住，內心沒有邊界和圍牆。

最終，是「自由」這個選項，徹底消失在你的人生命題裡。

《心經》中一句「心無掛礙」，說盡了我所苦苦追逐的自由。

＊＊＊

以我蒼白的覺知來看，心無掛礙就是：

當瑣事纏身時，一件件去理清完成，不起對閒適的渴盼。當無事可做時，享受身心的靜止，不會在頭腦中生出計畫和對忙碌的渴求。深切地知曉，人生每一種情境都不會永恆。

住五十平方米的房子時，滿足於小空間的舒適，而不嚮往遼闊。住二百平方米時，能珍惜所得，而不貪圖更多。

晴天，享受陽光照耀；雨天，感受溫潤的詩意。

喝到一杯好茶，享受口齒留香的當下，而不生起貪戀下一口的心。

需要賺錢時，不穿著情懷的外衣；追求情懷時，盡量少計較得失。

坦坦蕩蕩，知行合一，是心無掛礙的前提，是自由可生長的土壤。

我過去常汲汲於獲得一位充滿智慧的上師指引，而今明白，我的每一天的生活，瑣碎或簡單，歡喜或傷感，都是生命的上師。

何時讓心臣服於當下，臣服於生活，臣服於一菜一粥、一念一行，心不為形役，何時便有了自由的可能。

我終於可以說，在通往自由的路上，我剛剛爬到了起點。

12

越隨順，越遼闊

我坐在自家咖啡館的角落裡，興味盎然地觀察進進出出的客人。吧台裡，我家先生正專注做一壺手沖咖啡，水流凝於一線，小股傾注而下，徐徐不斷。

沒一會兒，空氣中飄起咖啡的香氣。鄰桌正小聲聊天的客人，不自覺回頭瞅了一眼吧台方向，深吸一口氣，微微糾結的眉頭頓時變得舒展。

「咖啡師」面色平靜，神情放鬆，略帶愉悅，與兩個月前凝神屏氣做好一壺才呼出一口氣時的小心翼翼，已然判若兩人。

我有些恍惚，生活的大河奔流至此，竟一時串不起我倆怎麼切換進了這樣的畫面中。

＊＊＊

一年多前，他還是每日朝八晚八的上班族，一個大國企的中層職員。每個周日晚上睡前最後的清醒，都貢獻給了熨燙襯衣。

那麼多年，這一幕出現之頻繁，至今想起，畫面仍清晰得如在眼前，幾乎能聞到熨斗裡滋滋冒出的蒸汽。

他極其熟練地打開熨衣板，一摞大概六七件洗淨晾乾的襯衫，堆疊在一邊。他拿過一件，展開，鋪平，熨斗行走其上，流暢無阻。

稍作停頓時，我知道，那是熨到袖口和領口處了。

十幾年過去，他練就了不到兩分鐘熨好一件襯衫的功夫。

離開北京，搬家打包時，他對著衣帽間幾十件襯衫發呆，問我，這些還要不要留？會不會有一天還需要它們？

我一邊收拾一邊漫不經心地說，你要覺得以後會需要，那就留著吧。

沒想到他一股腦兒摘下來，塞進準備送人的箱子裡：「不留了，我不想還有那一天。」

把最後一遝兒未拆的新襯衫分送人後，我倆相視一笑，異口同聲：「至少不用再熨襯衫啦。」

十幾年職業生涯，說放就放，於他實在不是一件容易的事。

不像我，從來就像野馬，不堪束縛，換個地方生活，充其量是逐水草而居的隨順而為，跟勇氣什麼的沒啥關係，因我並沒有為此放棄多麼明亮的前途。

於他，山東人，成長環境中對好工作的定義，大致不會超出公務員和國有大企業的範圍。

他邁出這一步，牽筋動骨，放棄了職業前途、穩定收入、十幾年的人脈資源，乃至主流意義中的社會地位。

人到中年，重新開始，不是在谷底的逃離，而是順境中的急流勇退，在我看來，才算得上莫大的勇氣。

那一箱襯衫，連同過去的習慣了的生活，一同被他拋在了屬於昨天的塵霧中。前路如何，同樣籠罩在塵霧中。

站在那個當下，心中除了一些期待，其實更多的，是決定跟隨內心、將自己放逐到一片嶄新而陌生的邊緣之地後，充斥心間無處安放的忐忑。

＊＊＊

賦閒在家的最初幾個月，他延續著過去忙碌的慣性，將生活安排得滿滿當當，甚至每天比過去上班時起得還早。

六點，大理的天剛濛濛亮，他穿好運動服去附近的山上跑步，一個多小時後，大汗淋漓地回家，沖個澡，給我和女兒做好一桌早餐，然後才上樓叫我們起床。

我受寵若驚，心下卻掠過一絲不安。

他維持著這樣一種井井有條、節奏密集的生活，以及做什麼都要先設好標準的心性，看上去飽滿上進，卻唯獨沒有放鬆。

陪女兒玩，他時常會有片刻的失神，我看在眼裡，用力忍住想要探問和安慰的欲望。

那兩個月，我明顯感覺到他的焦慮和迷茫。

他不開口談論，我便只好沉默著等待。我知道有許多路，即便最親密的人陪伴在側，也只能獨自蹚過去。

時常夜半轉醒，枕邊空空如也，我凝神在黑暗中看一會兒，才看到他坐在窗邊的榻榻米上，一動不動抬頭注視著窗外繁星點點的夜空。

有時圓月當空，皎潔而清冷的白月光鋪灑在榻榻米上，讓獨自悶坐的身影顯得更加清冷。我輕輕地縮進被窩，心微微地疼起來。

我三十四歲，從十七歲和他遇到，彼此相伴走過了一半的人生。

我總是覺得他還是二十幾歲的人，總是忘了他已經是一個年近四十，上有老下有小，為了心裡那點不肯熄滅的火光而從舊時光中勇敢出逃的中年男人。

我總是忘記他曾是一個多麼「用力」生活的人。

有好幾年，我們的家離他公司有些遠，開車太堵，他每天坐單程近一小時的地鐵上下班。

我只坐過兩次早高峰的北京地鐵，幾乎擠不上去，真讓人有生無可戀的感覺。

他就在那樣生無可戀的擁擠中，日日心如止水地來來回回，我沒聽他抱怨半句。

他身上似乎有一種能力，面對當下境況，不去評判好壞，只是去承受和轉換。

每天兩小時的地鐵時光，他戴著耳機聽英文，幾年下來，不動聲色地磨煉英語聽力。

有一次，他在上班的地鐵上站著睡著了，到站時迷迷糊糊被人群擠下了車，又莫名其妙摔了一跤，嘴角不知刮到誰的包上，生生扯開一條口子。

他帶著傷，又擠回地鐵到公司附近的醫院，縫了四針，之後竟趕回公司如常工作。是領導看到他傷勢不輕，責令他趕緊回家，這才把他趕回來休息。

猶記得開門那一瞬，看到他嘴角貼著白紗布，上面滲出點點血跡，半張臉腫脹著，上衣胸前是斑斑發汙的血跡。

不等我從驚恐中回過神來，他就笑嘻嘻地、從不能正常開合的嘴裡擠出一句話：「別擔心，摔了一跤，一個很小的傷口……」

很多人的承受，背後是不動聲色的崩潰，而我所見他的承受，是理當如此的坦然。

我經常都在探究，他那似乎深不見底的承受力來自何處？

我至今才開始學會臣服於生活，他卻好像一早就甘心臣服，甚至心中都沒有臣服的概念。現實深處那些所謂的苦澀，他沉浸其中，不覺其苦澀，只是承受、經歷，任憑時間碾過。

來大理前，有一晚他極難得地問我，你覺得我做別的能做好嗎？

我堅定地說，你這種人，我想不出你做什麼會做不好。
他沉默半晌，蹦出一句，大概我什麼都不做，會不好。
我想了想，很贊同：「或許對你來說，忙碌是舒適區，悠閒是挑戰呢。」
話一出口，我倆都愣了一下，進而發現，時代如此鼓吹忙碌，殊不知那正是多少人的舒適區，造了一個人人需要刷存在感的世界。
以致很多人寧願忙著作惡，也不敢無為而過，因為要餵養自我的存在感。

***

來大理後的大半年裡，他從乍入閒境的慌張，到把時間排滿來遮掩慌張，再到終於能閒閒地、安住在那慌張中。
然後，才開始隨順生活的河流，導引出真正的心意。
半年前的一天，家裡住了親戚，我抱著電腦轉了一圈，想在附近找個能稍微安靜點寫稿的地方，遍尋不得，我又抱著電腦回了家。
跟他抱怨說，住這兒就這點不好，想找個安靜的咖啡館都沒有。
沒想到他脫口而出，我們自己開一個。
我沒當回事，說，咖啡館可是個磨人又不賺錢的事。
他說，這周圍沒個書店，咱們開個咖啡館，作為共用閱覽室，對孩子們是好事。

我帶著一絲探究看著他，驚訝於眼前這個人，一點都不像這些年那個凡事三思後行、做選擇時思前想後的男人。

我沒半點猶豫地說：「好！」

心裡暗喜他終於又開始有了不計後果的任性決定，像是又捕捉到了十七年前那個自在放鬆、自帶陽光的男生的一點影子。

那逼迫人上進的現實生活，把我們的光芒消磨得暗淡，但我們永遠來得及依靠自己重新生長。

半年後，我們擁有了一家咖啡館，以鮮花和書充填其中。

以前聽說，文藝青年的三大理想——開書店、咖啡館、花店。從前我很不屑，如今我們竟然俗氣地三合一了。

他依然保有要做就做好的心性，去認認真真地上課學做咖啡，回來不懈怠地練習。

從前不喝咖啡的人，現在為了練習，一天喝上七八杯，還經常感慨連連：「今天學了新技巧，結果我連以前會的也做不好了。嗯，我發現成長的初始，往往表現出的反而是倒退。

「今天老師說，他『才』做了十年咖啡。嗯，我覺得厲害的人，都很謙卑。

「我發現再小的事，往上探索都是無止境的，大概日本的那些匠人，是借助手裡的東西，往上走到很高了。」

我聽著，深切體會到毛姆說的：「每一把剃刀都自有其哲學。」任何一件平常的事情只要堅持做，總會悟出一些道理來。

他逐漸不再與我探討未來的走向，不再糾結於自己到底想成為一個怎樣的人，讓身心穿過許多陌生的體驗後，他似乎不再慌張，於每個當下最重要的是，「拿到這份體驗再說」。

有一天，他說，我覺得生活變得更遼闊了。

我思忖了一會這個「遼闊」，想起蘇東坡那闋〈定風波〉，其中飽含的心境，大概恰如他所說的遼闊：

莫聽穿林打葉聲，
何妨吟嘯且徐行。
竹杖芒鞋輕勝馬，
誰怕？
一蓑煙雨任平生。

這一年多，總感覺過得無比久長，不被過去的節奏裹挾，過自己的日子，體會到「山靜似太古，日長如小年」的景況。

生活逐漸展現出全新的氣象。每天傍晚，我忙完自己一天的工作，就去店裡待著。

意外地獲得了一個可以觀察人的現場，倒是做之前沒想到的嘉獎。

人多時，我幫忙招呼客人，擦桌子洗杯子，做這些的時候，心裡有時會跳出「我怎麼在幹這些事」的聲音，進而很快覺察到，那不過源自我心中的傲慢。

從前一位禪師有一段這樣的訓示：

有時高高峰頂立，
有時深深海底行。

所謂隨順，是立於峰頂時不起狂妄，行於海底時不生卑微。真能做到如此，生活的河流才會變得更加遼闊吧。

13

人設

前幾天我收到了一個採訪邀約，其中有一個問題：「寬寬」這個ＩＰ的人設是什麼？

把我問矇了。

我回她：「難道所謂ＩＰ都該有個人設啊？」

「對啊，真實的生活一地雞毛，禁不起圍觀，都得有個讓大眾嚮往的人設撐著。」

瞬間腦補了滿大街人設飄蕩的畫面，沒有哪一刻，那麼強烈地讓我堅定了「真實」的價值。

接下來我拒絕回答任何問題，回了一句：「抱歉，我的人設恐怕不符合你的期待。還是不要浪費彼此的時間了。」

我放下手機，窗外滴滴答答下起雨來，大理像是提前進入雨季，窗外的樹木濕漉漉地綠著。目光盡頭的一汪洱海，呈現出一種好看的紫藍色。

也是這樣的雨天，我想起十年前有一次採訪閭丘露薇，敲定了採訪時間後，我列了滿屏的問題發郵件過去，她很快就回覆，螢幕上卻只簡短一行：

「抱歉，你的問題讓我看到了一個時尚雜誌編輯偏狹的視角和膚淺的人物設定，我已不想回答任何問題。」

那是我職業生涯中非常難忘的一刻，很羞恥的感覺。我盯著螢幕難受了很久，轉頭看到四十九樓的窗外，天色暗下來，稀稀落落的雨絲斜掛在窗玻璃上。

在那刻之外，我收到的職業評價大都是柔和而誇讚的，以致我也常以為自己夠專業夠深刻。

十年過去，當我敲下上面的字，還能感到些微刺痛。回想當時的自己，確實配得上一個歷盡千帆的戰地女記者給出的「偏狹」和「膚淺」的評定。

那一刻給我的東西，是從未有過的深刻自省：

我是否待在一個經過粉飾的世界裡？

我看到的是否只是這萬千世界的一角？

如此，我所擁有的那些認知，是否全然基於自我的侷限？

…………

我列了十幾個這樣的問題，然後很不情願地發現回答都是肯定的。

那種對自我全盤反省的經歷，真的非常不好受。

已到下班時分，周圍同事們陸陸續續走了，我坐著沒動，電腦螢幕上還有未關閉的文檔，我瞥了一眼，看到我寫的：「她（當時在寫一位女性高管）踩著高跟鞋快速在大樓裡穿行，上電梯時遇到一手拎著塑膠桶一手抓著塊抹布的清潔阿姨，她將目光從手上的資料收回，抬起頭沖她一笑，非常友好。」

這種描述背後，如實展露了當時我對一個美好人設的期待（也是對自己的期待）：都市精英，時髦優雅，獨立，有教養（通過對「下層群體」的友好態度來表現）。

這才是一切偏狹和膚淺的源頭，我後來終於明白了這一點。

宗薩蔣揚欽哲仁波切說：「一個澈底坦誠的人，是無堅不摧的。」

人設的脆弱，正因其對自我和他人的不坦誠。

能被人設撐起，當然也會被其束縛。在自我中扶植一具傀儡，終有一天要面對被長大的傀儡反噬的後果——人設崩塌後，自我的慌不擇路。

＊＊＊

對人設的澈底厭棄，讓我轉而接納自己全部的生活。

想想除了這真實的每一天，以及隨之而來的一點感受，我還真正擁有什麼呢。

又要從我自己談起，慚愧。

如今，我沾沾自喜於又多了一個新身分——小業主（放在十幾年前，大概叫做小個體戶）。這一點都不「精英」，但我竟嘗到了其中許多甜頭。

我家祖上，往上數幾代，出身背景和職業包含：做私塾的、大地主、軍閥、教師、公務人員、農民，唯獨沒有經商之人。

因此，開咖啡館成了半個小業主後（雖然一個小店實在攀不上「經商」二字），於我們家而言，幾乎就是第一個吃螃蟹的人了。

怎麼做個合格的小業主，我們心裡一點譜都沒有。從剛開業時，見朋友進門就想送點什麼，到一言不合就給打折，總之像個豪闊之家那樣，送送送！很是充過一段時間胖子。

第一個月過去，月末算帳，房租、人工，加上不肯將就的食材成本，一個月算下來盈利無幾。

劈啪算上一通後，我們大眼瞪小眼，忽然一起笑起來。

自古就有諷刺讀書人的說辭，大都集中在現實層面的百無一用，以此自嘲，倒是很適合。

明白這樣下去無以為繼，不得不開始像個真正的小生意人一樣，精打細算起來。

幾周後，我語帶抱怨地開玩笑：「原來做一萬的事和做一百萬的事，操的心是一樣的啊。」

想到後世多少人羨慕陶淵明過隱逸生活的恬淡，不用為五斗米折腰，殊不知他每日辛苦躬耕，卻依然難使全家飽食。

想學他淡泊寧靜，還得準備好承受自己弄來五斗米的代價。

世間萬事，左右不出此理。

＊＊＊

開創一件從未做過的事，無論大小，都會打開一個新世界，或者帶來一個看世界的新角度。

某種程度上，人們外出旅行，或在生活上折騰，都是為打破偏狹和膚淺的認知侷限。

於我，再去家附近的小館子吃飯、買水果，開始喜歡有一搭沒一搭地跟老闆聊兩句。有了自己小店的生意參照，一聊就知道，別人家生意是行有餘裕，還是辛苦維持。

那家不到十平方米的水果鋪，一年房租十萬，比我家店三層的整體房租還高（但願我家房東不會看到這裡）。

我脫口而出，這你怎麼賺得回來？

小店主苦笑，先賣賣看，不行就得轉出去嘍。

臨出門時看到一位衣著鮮豔的女人，正將一小筐草莓粗魯地翻來翻去，挑出最飽滿的，放入她自己手中的塑膠袋裡。

我一時衝動，打抱不平起來：「你這麼個翻法，讓人家怎麼賣？」

這一吼，驚得水果小哥趕緊放下手裡的活，過來拉我，一邊忙不迭地跟那女人說：「沒事，您挑您挑。」

一邊往外攆我，對我狂使眼色，臨了還不忘抓起兩個梨塞進我包裡。

我氣鼓鼓地走出來，還聽到那女人抱怨：「我不挑新鮮的買，難道買蔫兒的回去啊！」

嗯，人家說的也沒錯。

賣小麵的小鋪面，一年房租十萬，每天流水五百來塊，我一聽就驚嘆，那辛苦一年只能賺兩三萬啊！

「所以，你沒見小夫妻倆都是自己做嗎，不敢雇人，每天八點多開業，晚上十一點多才關門。」先生說。

「原來你早就觀察過了啊。」

「做一分事，得專一分心。」他說。

想到小夫妻的不易，我還是有些心酸起來。

從家走到咖啡館，不過一刻鐘。以前在這條街上走，我只關心哪家好吃哪家不好吃，對背後煙火人間的現實並不關心。

許多時候，我們對周遭的苛責，來自自己的無知，因無知造成無法理解，也就無法共情。

烤串店的年輕老闆，一得空就坐下打遊戲，大女兒放學了回來寫作業，遊戲聲音開得太大，女孩對爸爸說：「吵得我不能寫作業了。」

她爸盯著遊戲螢幕，看都不看女孩一眼，說：「去一邊寫去，別搗亂。」

我坐在他們身後的桌子上正吃著，看到小女孩委屈地挪到稍遠些的桌子，一時間恨不得上去揪著她爸的耳朵罵上一通。

幾個月沒去，再去時店裡竟多了個小嬰兒，是男人和他太太的第二個孩子。忙起來時，太太有時會把小嬰兒放在餐桌上，有客人要坐那張桌子，她就把嬰兒搬到臨近的另一張桌子上去。

有時嬰兒哭鬧，夫妻倆都顧不上，就把嬰兒連同襁褓，搬到裡間樓梯邊的備餐桌上，任他自己哭累了安靜下來。

我又看得心酸起來。什麼金獎繪本、親密育兒法、蒙特梭利，這些在我和女兒的世界裡習以為常的東西，有的孩子卻很難接觸到。

想起朋友們說「投胎也是個技術活啊」，我苦笑起來。

從前我會責備這樣的父母，但看到他們所承受的艱辛後，便再也苛責不起來。即便不能好好陪伴孩子，他們至少也將孩子們都帶在身邊了，儘管艱難，也沒有讓她們留守在老家的山村。

那個賣力做生意，閒時打遊戲的父親，也比那些我曾在山區裡見到的把一個夏天賣松茸所得的幾萬塊錢拿去賭博，然後一夜之間化為烏有的父親們強多了。

那些父親們的家裡，除了採松茸的一次性收入，一整年收入竟能少到只有幾百塊，孩子們連衣服都穿不暖，更別說接受教育改變人生了。

一條街走下來，我心情起起伏伏，時而別過臉去，不願看那些讓心情沮喪的場景，暫且自欺欺人。

走進咖啡館，看到客人零零散散坐著，安靜地看書，這種幸福的畫面，略微能安慰一下我一路泛起的心酸。

很多都是熟客了，一來就是小半天，夜幕低垂時起身，看過一半的書他們會做自己的標記，插回書架上原來的位置。

一個大男孩，連著來了三天，每次只點一杯免費的檸檬水，對著一本書看上一下午，我屢次經過，甚至停下來幫他添滿水，他都專注地一動不動。

第三天傍晚，他終於闔上書抬起頭來，對著窗外濕漉漉綠著的柳樹靜靜看了好久，神情寧靜，嘴角略帶一絲難以捉摸的笑意。

他起身，不發一言地離開。我特別留意了他放回書的位置，待他走後，過去一看，是宗薩蔣揚欽哲仁波切的《正見》。

我忽然明白了，那絲微不可見的笑意是什麼。

窗外雨中的柳樹青翠欲滴，一時心情大好，心裡默默篡改了木心的詩句：

誠覺世事皆可感謝，
又不知該感謝誰。

因我緣何有幸，可以被安排做這樣一件事。我們做過的事，走過的路，除了給自己以生計，或許最珍貴之處，在於讓我們對世界的認知，拓寬或加深那麼一寸。

若仍有餘力，盡力讓手中之事，有助於他人那麼一點。世事多苦，然這一樁中，有許多許多甜。

14

做自己有多難

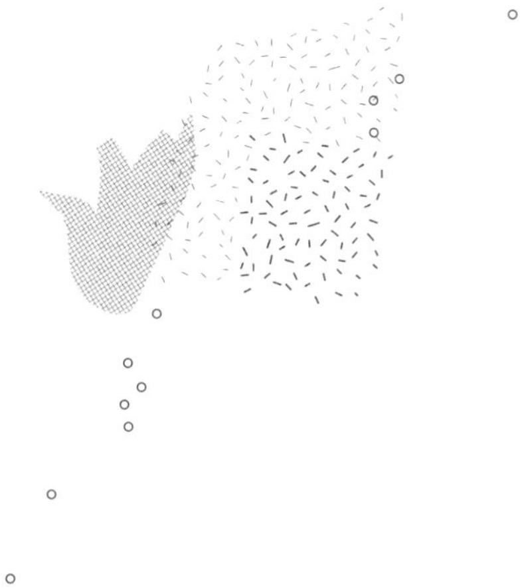

剛過去的三十五歲生日，我做了一次徹底的斷捨離，這回終於把衣物成功縮減在十套之內（大理春夏秋三季的衣物幾乎一樣）。

只留下最喜歡的，穿戴最頻繁的，品質最上乘的衣裙。

一邊篩選捨棄，一邊感嘆，還是花了那麼多時間和錢，買來許多不需要的東西。

只留下十套，衣帽間裡小小一排，一目了然。我得以更清楚，穿戴它們的我，是否是我喜歡的自己。

未來再購進衣物，也會有更清晰的選擇標準。

有統計說，今天的美國，平均每個家庭擁有大約三十萬件物品。

我想，對於很多中國家庭，這個數字也並不誇張。

美國幽默作家威爾・羅傑斯，在二十世紀二三〇年代就發現：「太多人花費他們尚未掙到的錢，購買他們不需要的東西，只是為了給他們並不喜歡的人留下深刻的印象。」

這一現象在今天來看，有過之無不及。

開始走上以捨棄、不做、減法為關鍵字的道路，背後是找到了穩穩的航向，和值得灌注心意的生活，這姑且算作階段性看清了自己、做了自己吧。

＊＊＊

近年我們見到「做自己」這幾個字的頻率十分高，我時常會想，這種對於「做自己」的執著追求，是否是我們八〇後一代的矯枉過正。

我們這一代，少有從小是按照興趣選的專業方向，高中時學藝術的學生，大多被看作不會念書才走這條路的。

這樣的教育結果是，教出來的學生，大都沒有一項突出的長處。

這是我們這一代的「先天不足」。

畢業工作，又在現實的壓力下一路謀生存、謀好生活、謀一官半職、謀財務自由，人近中年，或已經實現了物質生活的理想，或依然沒有足夠的物質安全感，才想起來，脫離了某個平臺，某個人設，半生過去，竟沒有一項能與世相對的長處。

即便此時覺醒，想要從頭開始，謀一條由衷喜歡的路，成本也十分高了。

一部分人奮力去尋找與嘗試，目之所及，一蹴而就的幸運兒少而又少。

大多是反覆試錯，花掉大把光陰去開始一件起初興致勃勃、逐漸意興闌珊、終至索然無味的事。

更多人，安於雖不喜歡卻也算舒適的現實，做出一種兢兢業業過日子的假象。

這便是我這代許多人的今日現狀，大多數在二十幾歲已經活完了一生。

王小波傷感地寫道：

那一天我二十一歲，在我一生的黃金時代。我有好多奢望。我想愛，想吃，還想在一瞬間變成天上半明半暗的雲。後來我才知道，生活就是個緩慢受錘的過程，人一天天老下去，奢望也一天天消失，最後變得像挨了錘的牛一樣。

想來，「做自己」是這奢望裡從前以為最容易、後來發現頂難的一項。許多人陷在「不知何事是自己最愛」的困境裡，只好在不愛的事情、不愛的工作間飄蕩。也有一些，本意是為了做自己，弄到最後，倒成了什麼也不做。前一種，在大城市多見；後一種，來大理後常見。

依我看，做自己的過程，包含三個層面：想做自己，見到自己，能做自己。想做自己，在我們這一代身上，幾乎是時代性的突出訴求。若你要問，竟還有人不想做自己嗎？

嗯，去看看我們的父輩一代，生長於物質匱乏和階級鬥爭的環境下，他們的時代訴求是安全與富足。

當子女的總想勸他們做自己，可後來明白他們從沒有過自己。

少年時要體諒父母，盡力幫襯家裡；青年時為集體；中老年後為孩子，為孫子。落落一生，「自己」如浮雲飄過，風吹而逝。

想做自己，之後呢？

得見到自己！聽上去有什麼難的？

其實這真是曠古難題，古希臘要將「認識你自己」刻在神殿上。中西哲學研究幾千年，不過圍繞一個謎題「我是誰？」

我們大多數，在「見到自己」這個階段便幾乎費盡一生時光。

見自己和做自己有什麼不同？

有人總結：

「這世上，有人做了自己，卻未必見自己，有人見了自己，卻未必做得了自己。這是人生的尷尬。見了自己而做不了自己，是福氣不夠；做了自己卻見不到自己，是機緣不到。」

若沒有見自己，那所謂的做自己，不過海市蜃樓。

有人依賴自然，有人更喜歡在人群中的歸屬感，這都無可厚非。只是如今有一種傾向，只強調人是一切社會關係的總和，而忽視人也是由動物而來。

一次和一位朋友吃飯，席中她說了一句：「多少人夜裡十二點後還在熬自由，說是做自己，卻不知違背自然規律，將自己獨立放置一邊的做自己，怎麼可能實現？」

想想實在是有道理。

我們祖先信仰「天人合一」，用多少經籍告誡後代，要清楚自己是立於天地之間，來自自然，被萬物滋養，我們的做自己，不可能獨立於天地萬物之外去實現。今天多有人以「做自己」為目標，卻只做讓自己感官舒服的事，從不忍耐熬煎，一路「瀟灑」，直到最後喪失了在現實世界的選擇能力。以致人生規劃師古典老師要捶胸頓足地感嘆：「我最怕聽到年輕人說要『做自己』！」

這其中的尷尬，或許正如尼采的總結：

「人生最艱難的時候不是沒有人懂你，而是你不懂你自己。」

何時才算懂自己，尼采說：

人的精神有三個階段：

駱駝，忍辱負重，一切聽從別人的建議；

獅子，開始說「我要」；

嬰兒，「我是」的狀態，活在當下，享受當下。

見到自己，懂得自己，是擺脫了他人的期待，超越了外界為你創造出的欲望之後，終於敢直面本性的那一刻。

你是誰？去掉職業標籤，去掉世間角色，去掉種種擁有的物品後，你是誰？

當時被問到這個問題，我整整想了一天。

＊＊＊

做自己，是當今時代尤其不易實現的一種狀態。

我們接觸到的大部分物品和資訊，都以販賣焦慮為手段，以致我們時常面對新的誘惑，新的物欲，新的目標，新的人設，新的生活方式，甚至新的修行方法。

穿過層層迷霧之後去做自己，太難了。

就我自己的經驗來看，做自己最大的陷阱，莫過於「活成你想成為的樣子」。

這有別於「活出真實的自己」。

猶如克里希那穆提所說：

「我必須知曉我自己，不是我思想上想要變成的樣子，而是真實的我自己。」

兩者的區別細微。

活成你想成為的樣子，路徑是：

我想要（目標導向）——去做——獲得（現在以為的）理想的生活。

活出真實的自己，路徑是：

我是誰（存在導向）——去做——成為獨一無二的我自己。

你看，都是去做，因為出發點不同，導致的結果也不同。「活成你想成為的樣子」最大的風險在於，「我極其努力爬上了山頭，才發現爬錯了山頭。」

目標導向的人生，關鍵在於設立目標，權衡利弊，過程監控，結果覆盤。這種人生，可控，可計畫，但是脆弱，也少有驚喜。

存在導向的人生，重點在於向內覺知、省察、探索，接納自我，在激發潛能中創造。這種人生，不斷試錯，折騰，但是堅韌，常有超出他人期待的結果。

現實中看，這兩種導向的人生似乎沒有好壞之分，短期內，目標導向的人生，更可能獲得大眾眼裡的成功。

然而，就我們珍貴的生命歷程來看，忽視生命本身攜帶的意志和巨大能量，不能不說是莫大的遺憾。

可悲的是，我們的時代，壓倒性的資訊環境是在為你創造「想成為的樣子」，並拚命設置障礙，阻礙你認清「真實的自己」。

擁有成了一件值得炫耀的事，而導致我們忽略了一個事實——所擁有的事物對自身也是一種佔有。

「擁有」是看清自己的過程。沒擁有過，沒體驗過，又何談喜歡或不喜歡。但擁有不是目的，「捨棄」，才是做自己的必經之路。

八〇後人偶製作人胡晏熒曾有過一年換五份工作、幹一行恨一行的經歷，這種集中試錯的行為，其實是一種在職業道路上的逐項捨棄。她捨棄一份份不適合自己的工作，最終接近那條隱於迷霧叢林中的、最適合自己的小徑。

日本茶聖千利休，有這樣的名言流傳下來：「所謂茶之湯，僅僅是燒水、泡茶、喝茶而已。」

「僅僅」的意思，實際上是「全心全意」。將不必要的東西全部捨棄，留下的，才是值得你灌注心意的部分。

唯有灌注心意，使自身與物品、與世界、與天地完成深刻的聯結，最終成為一個能在穩定的坐標軸中獲取持續能量的自己。

那種安定、滿足、別無所求的平靜感受，當你嘗過，就明白一切捨棄都值得。

事實上，從來就沒有一個完成的、不變的自己。在每一樁灌注了全部心意的事情上，我們得以塑造自己，成為自己。

所謂做自己，不過就是這樣一種簡單輕便的過程。只要你想，其實人人都可以。

15

向死而生

最近，女兒頻頻提及生死的話題。

那天，她從幼稚園回來，一進家門就問我：

「媽媽，有一天你會去世，是嗎？」

我說：「是的，每個人都會去世。」

「我會送你去醫院。」

「可能媽媽去了醫院，也還是會去世，但你能陪著我去世，媽媽會覺得很幸福的。」

「那我也會去世嗎？」

「會的，很久很久之後，等你很老很老的時候。」

「我去世時你能送我去醫院嗎？」

「那時媽媽已經去世了。」

……她眼裡開始閃淚花……

「那誰陪我去世？」

「會有你愛的人，他們會很愛你。」

「他會像爸爸媽媽一樣愛我嗎？我怎麼找到這樣愛我的好朋友？」

「會的，有一天你會遇到。」

她不說話了，我以為話題就此結束，過了一小會兒，她忽然說：

「媽媽，你晚點去世好不好，等我遇到愛我的人，你再去世可以嗎？」

「媽媽答應你，媽媽會好好保護身體，活得老一點。但是，你要答應媽媽，有一天媽媽去世了，你要像媽媽愛你那樣愛自己。」

「好的，媽媽，我答應你了。」

說完，她好像有些放心了，開心地轉身去玩。

看著她的背影，我心裡跟自己說，要好好保養身體，讓告別來得晚一些。我要更愛她一些，讓她在我們告別之後的餘生裡，擁有愛的盔甲。

我不知道其他父母如何跟孩子談論死亡，但真的，有了孩子後，告別成了時常會思考的問題。

那天，我看著設計圖紙，一旁的女兒問，這是什麼？

我說，爸爸媽媽給你在很美的田野裡，留一處房子。將來你滿世界跑累了，想要找個地方安靜地休息，就回到那裡。

「爸爸媽媽會在那裡等我嗎？」

「可能會，也可能我們已經去世了。」

她頓了會兒，忽然滿眼是淚地問我：「那我去那裡幹什麼？」

換我無語。

* * *

我人生中第一次經歷死亡，是十八歲在北京上大一時，有天下了晚自習，回宿舍接到老家打來的電話。

奶奶死於手術事故，一個小手術，麻藥過量，她再沒醒過來。

也因此，我和她沒有告別。死亡是一個概念，理智上清楚，感情上卻不起一絲波瀾。

長輩中，奶奶和我最親，我從小在鄉下奶奶家度過很長的學前時光，和上學後許多個寒暑假。

回老家參加她的喪事，北方的小村子，還保留著最傳統的儀軌，複雜繁瑣。在廳堂中設靈堂，棺材放置在靈堂正中，供家族眾人弔唁。每有人來，家中女眷需輪流哭喪，要求哭聲洪亮，不停頓，眼淚不止，且需念念有詞。

我是親孫女，需要承擔這樣的角色，可我完全哭不出來，以致一見有人走近靈堂，我便趕緊躲起來。

停靈十三日，規矩紛繁，每一日都有說法。出殯那日，家中老少女眷需圍在棺材旁，俱扶額大哭，或真或假，只求哭聲震天，以示逝者生前的高尚風範，及家人的痛惜與惦念。

我擠在姑姑嬸嬸表姐堂妹中間，眾人將奶奶的棺材團團圍住。聽到起靈的指令，靜默中哭聲頓起，哭了十三日了，此時不知還有幾位是真的因難過而哭。

忽有一嘶啞嗓音從一眾哭聲中冒出來，夾帶一句詞，猶如小時候跟著奶奶看戲時，戲臺上的唱詞，一瞬間，我竟然開始大笑不止，笑得眼淚直流。喪事操辦人一把把我拉出圍棺的人群，又一把把我塞進一旁跪著低聲哭泣的人中，我才能稍微止住一會兒。

村裡許多圍觀的人，在那裡指指點點，我在自己的笑聲中，捕捉到風裡傳來的一些閒言碎語：

「那是老人生前最疼的孫女，你看她，一聲都不哭，真是個白眼狼啊。」

我跪在那白花花一片的人群中，腦子一片空白，對自己的行為極其震驚，心裡認定，我大概是個徹底涼薄的人。

三年後，姥姥死在北京的醫院裡。食道癌，做了手術，從檢查出來就住進醫院到離世，短短兩個月，經歷了現代醫學進步發展出的種種「酷刑」。

我去跟她告別那日，從學校搭車到醫院，看到病床上小小的一個人，身上插滿了各種管子。

幾乎不能想像，兩個月前，姥姥還是身強體壯、高大剛強的一個女人。我呆愣在床前，一句話也擠不出來，靜靜聽家人一一說著告別的話。

後來每提及姥姥的死，家裡人最後悔的，是臨終前不該那般治療。強行挽留一個本可以不必那麼痛苦離世的親人，不知道究竟是孝還是不孝。所以媽媽時常一遍遍地叮囑我們，如果有一天她病入膏肓，千萬別給她治，讓她好好地離開。

我們當玩笑話聽，插科打諢地糊弄過去，心裡卻真的犯愁，真到那一天，未必能做出對的決定。

從十八歲到現在，我人生中的如花盛年，也是家族中親人密集離去的時期。各種各樣的死法，猶如生前各種各樣的活法。

從愣怔著接受到主動思考，死亡於我最大的意義，是讓我對生命有了敬畏，對活著有了底線，對死去有了諒解。

再看到那些揮霍無度佔有無度，以為自己會長生不老的行徑，心裡會覺得同情，而不再是單純的憤怒。

有人說，向死而生，是最積極的活法。真切地知曉我們是會死的，人才會知止。

假如知道餘生還有多少時日，那什麼該做，什麼不該做，什麼該執著不懈，什麼該讓它隨風而去，就不至於總是糾結。

＊＊＊

前些天看報導，說科學家即將研究出人類長生不老的方法，一種是通過器官、細胞的替換和再生技術，讓身體不死。一種是通過將意識上傳至雲端保存，讓意識可脫離肉體，獨立存在，永不消散。

我看得失笑，人類追求的，竟是一具行屍走肉的軀殼，或一縷飄蕩不散的孤魂。即便我有生之年那一天到來，我也是不從的。

大概會像媽媽叮囑我「千萬不要給我過度治療」一樣，叮囑女兒「千萬不要保存我的意識」，求你們讓我完整地生滅。

今年過年回家，聽家人說，我獨居的大伯，一個人在老房子裡，不生火不做飯，不吃不喝在炕上躺了五天。

北方的隆冬有多冷啊，幸好他的兒子回去看他，才把奄奄一息的人救下。

大伯所在的那處院落，有兩進，後院住過爺爺奶奶，前院裡大伯一家四個孩子在此陸續長大。我亦在那個院子裡度過許多童年時光。

夏日烈陽下，奶奶會晒一大盆水給我洗澡，記憶裡有暖暖的水，微涼的風。院子裡有一棵老杏樹，許多夜晚，幾家人一起坐在樹下納涼，孩子們爬樹盪鞦韆，大人們絮絮地聊天。

夜空中銀河清晰可見時，人們散去，整個村子沉入無邊的寂靜，只有偶爾幾聲狗吠，劃破沉沉的夜。

老人一個個離去，孩子一個個長大離開，終於這整個院子，只剩下大伯一個人。

我聽家人說他絕食的細節，嗔怪他不懂照顧自己，我竟覺得特別理解他。或許那些獨居的暗夜裡，大伯會想起在這院子裡長大、娶妻、生子、蓋房子的一生，回憶裡熱熱鬧鬧，觥籌交錯，現實中，一盞青燈，四顧無人。

曾經的熱鬧，到如今的孤寂，不過才三十年。

如果真有神靈，我真想在心裡祈求，倒不如如他所願。有時生未必喜，死未必哀。

大概我真的是個徹底涼薄的人。

你試看他青史功名，

你試看他朱門錦繡，

繁華如夢，滿目蓬蒿！

能抓住的，不過眼前這些歲月。趁著無常未至，心血未冷，好好做每一件手頭事，好好愛每一個經過的人。

16

買學區房還是環遊世界

很少看朋友圈，有朋友轉發我，才知道又有篇熱文在父母中間傳播，關於八百萬學區房和環遊世界的。特意搜出來看了一下。

不想討論學區房要不要買，帶小小孩環遊世界有沒有意義，我相信每個家庭都在盡可能給孩子最好的教育環境和資源。

至於「最好」的標準，根植於父母的三觀，各家必然會不同，實在沒什麼可比較的。

＊＊＊

上小學二年級時，我差點失學。

因為老師每天佈置大量抄寫作業：這篇的課文抄十遍，那篇的生詞抄二十遍，諸如此類。

沒完成作業的學生，老師會用戒尺在手心裡重重地打，缺幾遍打幾下，打完還要罰他在教室外面站一節課。

我從小就是個臉皮很薄的小孩，受不了當眾受罰。因此，每天放學回家，只好乖乖地抄啊抄，沒有時間玩耍。

一天天過去，我覺得自己快要抄成個呆瓜。

爸爸最先受不了了，他總是說：「你出去玩，不要做這些沒有創造力的作業。」

可是，做不完作業會挨打，我不敢。

爸爸不再說什麼，但聽到爸媽討論我的學校的次數逐漸增多，那已經是小城裡一所不錯的小學了。

有一天，爸爸忽然嚴肅地說，不要去上學了，他每天下班回家教我。還跟我媽說：「那麼有靈氣的孩子，會被這種教育毀了的。」

上學竟可能毀了人！那是我第一次聽聞這樣的「歪理邪說」。

我爸的提議遭到了我的激烈反對，那時不上學的孩子，會被同學們看成異類，我沒那個膽量。

媽媽也無奈地說：「咱家是搞教育的，自己孩子卻不上學，這怎麼說得過去。」

那時除了公立學校，沒有其他選擇。爸媽都有工作，我不上學的話，白天就沒了去處。所以在我和我媽的堅持下，我還是繼續上學了，但我爸和我達成一個協定：

每天的抄寫作業，我只能寫一遍，剩下的九遍也好，十九遍也好，爸爸會模仿我的筆跡，全部抄完。

我聽到這個建議時都震驚了，這萬一被老師看出來，後果簡直不敢想。

第一次拿著做假的作業交給老師時，我忐忑至極，手心的汗把作業本的邊角都泡軟了。

我覺得一定會被當場戳穿，那一幕至今銘記在心——老師拿著作業意味深長地看了我一眼，就在作業末尾畫了個大大的紅勾，竟還給我了。

這就表示通過了！我很驚訝，又竊喜不已，從此欣然接受了爸爸的提議。「沒有創造力的作業」全部由我爸完成，我多了許多瞎玩和看閒書的時間。

後來長大些才明白，或許是爸爸找老師談成了什麼條件，既不公然反對老師的教育方法，也能讓我成為這種教育之下的漏網之魚。

那時我把爸爸的行為視為對我的一種縱容，猶如我要五塊零花錢，他總是給十塊一般的縱容。

長大後才理解了他的苦心。用我爸的話說，是在夾縫中艱難地保護孩子天生的一點靈氣。

於我，學到的是面對權威也要獨立思考，「靈氣」很重要，還有反抗的策略和方法。

＊＊＊

還有一件事，到現在都記得特別清楚，小學三年級時，我沉迷於一本小說《穆斯林的葬禮》。

那時和課本無關的書，都被視為「閒書」，學校和大多數家長都不鼓勵甚至不允許看閒書。我家是班上的閒書之源，爸爸的書滿坑滿谷，我想看什麼就看什麼，從來沒有「正書」、「閒書」之別。

有一晚，爸媽在裡屋看電視，我在外屋看那本小說，正看到結局，年紀小沒見識，淚點超低，邊看邊哭得上氣不接下氣，眼淚嘩嘩地濕透了半本書。

媽媽聽到動靜，掀開門簾看了我一眼，啥也沒說又退了回去。直到痛哭流涕地看完，爸媽也沒有出來跟我說過一句話。後來我明白，不打擾，就是一種默許和鼓勵。

多年後回憶起那個痛快淋漓沉迷書中的夜晚，仍能感到莫大的享受。後來無論境遇如何，只要躲進書裡，就覺得擁有了整個世界，以致對現實生活少了許多欲求。

上學時，考試成績好與壞，都不會在家中被討論。成績好不會獎勵，成績差也不會懲罰，總之，對成績這個東西，爸媽像是無感。

記得有一次期末考試，我稀裡糊塗地拿了小學各科第一（僅此一次撞大運），還有一張畫在全縣評比中得了一等獎。拿了一堆獎狀回家，媽媽的反應淡淡的，也沒有像同學家那樣把獎狀貼上牆，我當時還有些失落。

或許是他們有意為之，或許是真的不在意，總之造成的結果是，我認識到學習不是一件為了達成某個目標的事情。

那時學校裡按成績排名之風盛行，好在家裡對此淡漠，讓我有空間發展出自己的評價標準，以及凡事重視過程大過結果的心性。但也留下一個後遺症，我心中少有與人競爭的念頭，工作之後更是，喜歡就做，不喜歡就走人，不會為了贏而做什麼。

這一點在剛入職場那幾年，讓我吃了不少苦頭。職場哪有不競爭的啊，我是逢爭必輸，因為覺得爭爭搶搶實在沒意思，不肯花心思。

後來，從職場的動物園跑進單打獨鬥的原始森林，不喜競爭這一點才終於發揮了它的正面功用。因為心裡沒有別人和對手，才能最大程度享受到做事的樂趣。

在時代強大的扭曲力場之下，我有幸找到適合自己的「縫隙」生存。也因為不上別人的擂臺，就無所謂成功與失敗。

***

小時候家中有個習慣，每天早上等媽媽端早餐上桌前，爸爸會隨手從書架上抽一本書，隨意翻開一頁念一段。

念詩是最經常的事。他不過多解釋，也不要求背誦，只是要我們感受。

他說，詩是作用於心靈的，而不是作用於頭腦。要我放下分析，去感受意境。一日日過去，我沒有記住多少詩句，沒有可供在外面炫耀的東西，但詩對生活的滋養，卻從此留在我的人生裡。

遭遇到生活的消磨時、處在低谷時，讀上幾首詩，心中積鬱便能散去大半。那些個早晨，我們一家圍坐炕上，吃著早飯，北方早晨稀疏的陽光從炕上的窗戶照進來，飯前爸爸讀過的詩句，還在心中回味，像是寫詩的人，此刻也在我們身邊。

這是人生中一想起來，就覺得幸福的畫面。

有一些詩句蘊含的意境，也形成了類似精神家園的東西：

孤舟蓑笠翁，獨釣寒江雪。

讀這首詩的那日早上，窗外大雪紛飛，家中灶火燒得正旺。好像自己就在那片孤舟上，天地之間的冷寂與曠達之氣籠罩周身，還有一種我雖渺小卻與這蒼茫天地連通的靜謐。

多年後，一想起這句，就覺胸中疏朗，呼吸之間，都是冷冽的雪氣。

大漠孤煙直，長河落日圓。

那種磅礴的景象，讓我第一次聽到，就對邊塞之地充滿幻想，以致長大後一有條件就獨自奔走在邊疆地帶，大漠、戈壁、莽莽荒原、冰川與雪山，這些意象是內心源源不斷的能量來源，足以抵抗現實的各種雞零狗碎。

對酒當歌，人生幾何？譬如朝露，去日苦多。

小時候聽到，只覺得語句真美，年歲日增，每想起就更唏噓不已。

還有極愛的蘇軾，「十年生死兩茫茫……」人生多的是這種無處訴說的痛徹心扉，無論貧富，渺小或偉大，這悲喜何曾放過誰？

爸爸說，都說讀詩無用，其實是最有用的，沒有這些無用的趣味，人生就像一口枯井，多活一日都不耐煩，那種苦才是真的苦。

小時候不明白，現在懂了。

如今讀詩的潮流再次回歸，周圍有孩子的家裡，至少都有一本金子美鈴，或者《給孩子的詩》。

想起爸爸為我們讀詩的歲月，是九〇年代被全民下海的浪潮裹挾著，文藝最無用的時代，我不知道他心中的定力從何而來，卻成為我如今的指引。

不比較，不引導競爭，教育不唯有用，當如春風化雨，是我從爸爸身上學到的。

＊＊＊

時代早已變得面目全非，獲取成功的方法會隨時代而變，但感知幸福的途徑，從來都是一樣的。

我們的孩子，一生是不是一個常常覺得幸福的人，這取決於他的內心是否總是充滿力量，是否對生活感到知足，能否與欲望和諧共處。

這些，外面看不到，只有自己清楚。好的教育，作用於看不到的內心，作用於一個人的本質。

本質，即孩子長成一個完滿的人，該有的內核：

1. 內在的小宇宙不被壓抑——活著的自主動力。
2. 一生仰賴的對學習和求知的興趣不被損害——一個人可持續成長的能力。
3. 與人交往的動機不是出於比較和競爭——容易發展出親密關係。
4. 有一副好身體和伴隨一生的閱讀習慣。

說到底，所謂教育，不過是做父母的一場永無止境的修行。我們自身的修為，是托舉著孩子的那隻手臂。

所以，買八百萬的學區房還是用八百萬環遊世界，又有什麼區別？你願意如何，有能力如何，便坦然接受並好好享受你的選擇吧。

重要的，從來都是每天二十四小時一分一秒如何度過。

17

抓住「天啟」，持戒而行

總是被問：「做決定前是怎麼權衡的？」

經常答不出來，只好玩笑帶過：「出來混，拚的就是命硬！」

朋友眼裡，我經常做一些很冒險的決定，卻大多幸運地沒有滑入墮落的深淵，反而有峰迴路轉的機緣，次數多了，就像是裡頭隱含著什麼祕訣。

其實，稍微大點的決定，我從不深謀遠慮。起初是不會，後來是不願意。近來，對於怎麼做選擇，靠理性還是靠感性，逐漸有了些明晰的觀點，尚可算作年歲漸增的一項好處。

什麼算大事？

諸如跟誰結婚，生不生孩子，到哪個城市安居，選什麼職業方向，信佛還是求道……這些「牽一髮而動全身」的決定，可以劃入「人生大事」的範疇。

什麼算小事？就是大事之下，那些周而復始的日常。

每天幾點睡幾點醒，做什麼運動，跟誰見個面，都不過日常小事。

要對人生層面產生影響，必需積累足夠多的量，也就是需要經歷時間。

幾乎每個人的生活，都陷在大事和小事的糾纏中。感性的人容易一路感性下去，理性的人也容易處處理性。

只是把人生當一場體驗的話，無所謂如何應對，反正怎麼應對都會過去。而如果想要在這短暫人生中體會點什麼，那麼必然會需要時時體悟，該以怎樣的頭腦和心境來面對一切。

＊＊＊

應對大事小事，說的是活法。

時代太久遠的例子，不好直接用作現實參照，所以略去不談。在世的人裡，最讚賞莫過於日本作家村上春樹的活法。

對他人生態度的欣賞，甚至大過對其作品的喜歡。

村上春樹如何面對人生大事與日常小事？

他大學沒畢業就結了婚，又討厭進公司就職，於是決定自己開家小店——一家爵士咖啡館：

「因為我當時沉溺於爵士樂，只要能從早到晚聽喜歡的音樂就行啦！就是出於這個非常單純的某種意義上頗有些草率的想法。」

就在咖啡館運轉日漸正常，積累了一批老主顧，「眼前展現出一片從未見過的全新風景」時，村上春樹突然決定跟隨「天啟」。

所謂「天啟」，發生在一個晴朗的下午，村上春樹在神宮球場看棒球賽，四周稀稀拉拉的掌聲裡，「一個念頭毫無徵兆，也毫無根據地陡然冒出來：『對了，沒準我也能寫小說。』

三十多年後，那日的感覺，村上春樹仍然清楚記得細節：

似乎有什麼東西慢慢地從天空飄然落下，而我攤開雙手牢牢接住了它。它何以機緣巧合落到我的掌心裡，我對此一無所知。當時不甚明白，如今仍莫名所以。總之它就這麼發生了，就像天氣預報一般。

以此為界，他的人生狀態陡然生變，走上職業小說家的路。衝著這股處理人生大事時的草率勁兒，我差點就要以為他是個隨性而為的人了。

然而，村上春樹作為小說家的日常是怎樣的？想必很多人都無比熟悉了：

要寫一部長篇小說，就得有一年還多（兩年，有時甚至三年）的時間，獨自伏案埋頭苦寫。

清晨起床，每天五到六小時集中心力執筆寫稿。這樣一種生活過久了，肯定會導致運動不足，所以我每天大概都要外出運動一個小時，然後再準備迎接第二天的工作。

日復一日，就這樣過著周而復始的生活。

這樣的日常，重複了三十多年。

大事隨心，跟著感覺走；小事理性，仰賴鐵一般的紀律——以此總結村上春樹的半生，我覺得很貼切。並且，越來越覺得這樣一種人生態度，恐怕更適合像我這般資質平庸，卻又想盡力將人生過出些色彩的人。

＊＊＊

我們大多數普通人，從小聽多了「人生關鍵的就那麼幾步」這種道理，自然會認為身逢大事，必要百般權衡，千般思量，盡量不要行差踏錯。

而日常小事嘛，「成大事者不拘小節」啦。

人人都有思維慣性，感性的人順從感性，自己心裡覺得舒服；理智的人跟隨理性，會覺得萬事盡在掌控。

拿結婚大事來說。你見過選老公要列一張Excel 表的嗎？

我一位朋友在一家知名會計師事務所工作，天天跟資料過手，養成了嚴謹理性的思考習慣。大到買什麼地段的房子，小到什麼衣服配什麼包，都能總結出一套邏輯自洽的說辭。

從來不見她有慌亂的時候，每次閨蜜聚會，大家吐槽遭遇的奇葩境況，她都會來一句：「這本來都是可以解決的啊，拜託你們多用用腦子啊。」

大部分事情我都非常贊同她理性的處理方法，只有一條例外——她每遇到心動的男人，都會先暗中觀察，列出對方的優劣勢，來總結匹配度。

後來甚至成了慣性思維，她傲嬌地對我說：「只要有男人向我表示出好感，我腦子裡會迅速生成一張分析表，幾分鐘後，就知道這男人適不適合繼續交往。」

我當時聽了，大為驚訝。

她用這種理性的方法，想找到一個以愛情做基礎的結婚對象，然而十多年過去了，能通過她分析表的男人寥寥無幾，更遑論有所進展。

後來有一次，她跑來問我：「你結婚時，你倆當時的條件匹配度是怎樣的？你是根據什麼做出結婚的決定？」

條件匹配度？問得我啞口無言。

「我，我沒有比對過條件。」

「不可能，那你怎麼做決定？」

「唉，我結婚時，沒想過比對條件，也沒有好好商量過房產證上寫誰的名字，稀裡糊塗地過來，那些沒想到的隱患，至今也未浮出水面。按你的那套方法，我們都屬於你絕對瞧不上的傻白甜。」

「我一直以為你是個理性的人。」

「如果你要的婚姻只是條件適當的一紙契約，那麼理性分析的方法可行；但如果想要愛情，那得動用所有感官去感受，彼此是不是來電；以愛情為前提進入婚姻生活後，又需要動用全部理性。」

她沉默不語。我知道，對她來說挺難的，「感性」這種詞幾乎早就消失在她的人生字典裡。

結婚這種大事，我至今受益於當時的隨心而為。

領證時我們倆都一無所有，但我確定他是個好人，和他在一起我覺得很自在，像是無論做了多丟臉的事，他也不覺得醜。最重要的，我覺得他不市井，做人有些格局。就這些。

全部都是「我覺得」。如果用理性分析，那麼當年我們彼此對對方來說，都不算最好的選擇。

其中一點——不市井，有格局——說起來特別虛，可對我來說，又特別重要。具體來說，是不日日只盯著自己碗裡那幾粒米，是不會為了一己的蠅頭小利去費心鑽營，是對他人的不幸充滿同情並盡可能有所行動，是受盡現實的瑣碎折磨仍會仰望星空……

這些都無法放進Excel 表格，因為說不清於現實生活而言，這是優勢還是弊端。像「仰望星空」這種品質，對現實競爭來說，往往還會拖後腿。

這些年過下來，發現結婚時看重的這一點，無數次反映在生活細節上。比如買房子，人家將升值潛力分析得頭頭是道，我們倆卻都只為了窗外有一棵大樹，而立馬決定就是它了。

十多年一起過下來，能達成一致搬來大理，也是因為這虛頭巴腦的一點。

有一晚睡前閒聊，我倆聊到希望女兒將來成為一個怎樣的人。

「等她長大要離開我們時，我要跟她說，爸爸希望你永遠去追求你想要的生活，實現你的獨特價值，這是帶你來這個世界唯一的意義。」

「可她如果問你，爸爸，你這輩子過的是想要的生活嗎？」

「呃，並沒有……」

「她會不會問我，為什麼你沒有去追求想要的生活呢？」

這就尷尬了。我倆都沉默了。

那晚的對話，成為終結之前生活方式的最後一根稻草，我們義無反顧地開始安排搬家，從此，再沒有質疑過這條路。

我們並不確定前面是不是想要的生活，但至少，要奮力跳出去看一看。

希望孩子成為怎樣的人，我們做父母的，要先努力去成為那樣的人。這一點，大過現實的安全感和所有理性的權衡算計。

大事隨心，是不是太簡單了？是，越是重大的決定，越像自己佈下了一場賭局。要不要賭這一場，沒有應不應該，只有願不願意。

＊＊＊

人生是一場長跑，大事全然理性，權衡計算，做了所有的「我應該」，代價常常是壓抑了「我願意」。

越理性的人，壓制的時間就越長。甚至壓制了一輩子，終至成為一個永遠正確卻十分無趣的人。

所以面對人生大事，第一個要問的，是你願意如何？

但即便是一條十分願意走的路，未來所遇到的艱難險阻也一點不會少，不同的是，在出發時就有了一顆甘願的心。而路上小徑旁逸斜出，若沒有理性加持，往往走著走著就忘了為什麼要上這條路。

日常生活，每一天怎麼過，如何分解目標達成所願，哪些小徑可以張望一下，哪些完全不能動心，這裡面存在著嚴格的紀律，甚至可以算戒律。因為不積跬步無以至千里，沒有紀律，常至臨大事也不能隨心而為。

這些年媒體報導了許許多多日本的匠人，我喜歡觀察他們面對人生大小事時的態度，發現無不是大事隨心，小事理性。

八十多歲的壽司之神小野二郎，每天從家步行走到店裡，單程近兩個小時。

他一定很喜歡走路吧？事實是，他說：「如果不是堅持走路，我怎麼能八十多歲還在店裡一站一整天啊。」

選擇了一條喜歡的路，就要堅持以最好的姿態走下去。堅持這件事，從來就不是感性的。

為什麼周圍有那麼多不幸福不開心不如意的人？原因或許很多，受業力之風吹拂，每個人都不一樣，但近年來觀察，還有一個普遍原因是：

那些人面對大事時，很少尊重自己的感受，沒有走上真正想走的那條路。身處日常時，沒有甘願的心，沒有紀律，每一天也就隨便過過了。

大事隨心，需要信任自己的心，和相信真有「天啟」這回事，能抓住瞬間飄來讓心震動一下的聲音。做一個徹底誠實的人，放下算計和權衡，那條路就會清晰無二地呈現在面前。

當行於一條隨心選擇的路上，要甘願一力承擔它的辛苦，動用所有理智和頭腦，養成紀律，持戒而行。

或許唯有如此，以我們大多數人的平凡資質，才可能品嘗到一點理想人生的滋味。

18

無可戀念，逃之於酒

我好酒。這喜好不知從何而來。

小時候第一次生病住院，是得了急性腎炎，大概四五歲的樣子。起因是父母在家宴客，一不留神，我偷喝了小半瓶葡萄酒喝醉了。幾天後，我在大院裡玩耍，小便時看到自己排出了紅色的液體，像葡萄酒一樣，我以為自己要死了。

因為這次醉酒，我在醫院裡躺了兩周，一間病房住了六個人，都是腎病，我最輕。

我看到粗大的針管扎進同病房小姐姐的胳膊裡，聽大人說，她得的是嚴重的慢性腎病。

我記得她的模樣，十六七歲，瘦，眼睛大而渾濁，臉色發黃，像黃沙漫天時昏黃的太陽。

我出院時，小姐姐還繼續住著，我從大人的言談中明白她出院的日子遙遙無期。

那昏黃的面孔，覆在我心上，過了這麼些年，竟還很透亮。

這樁醉酒的意外，後來被傳成「那誰家的小女孩酒量忒大」，在家族中口口相傳，直到我長大離家，依然帶著這響亮的標籤。

我的家鄉地處塞外，崇尚豪爽不羈的性格，有一座同時供奉儒釋道三祖的頗有名氣的寺廟。那裡的民風，後來想想，也與這三教合一的基底脫不了關係。

入仕，修道，吃齋念佛，這三樁事都有不少追隨者，並不厚此薄彼。你當官也好，經商也好，啥也幹不成活得開心也好，甚至做一個賭徒，竟也能頗受尊敬，反正你自己覺得好，就行。

不像我先生的家鄉，獨尊儒術，貶斥佛道，在各種規範、守則、禮儀中浸染出來，表面上一派努力上進守家報國，背後偽善的面孔卻屢見不鮮。

即便勸酒此種小事，習俗也幾乎相反。我那蠻荒的家鄉，逢宴客，主人必先飲盡三杯，表達誠意後，客人你看著辦。

而那禮儀之鄉，主人一杯酒端起，必要舌粲蓮花地說上極長一通道理，從天下萬民，到匹夫心情，無所不包。客人被暈乎乎地一通繞後，發現不過一個目的，爾客需飲盡三杯，我主隨意。

唉，何必！我初入夫家地盤那幾年，倒是如魚得水盡興得很，您不必說那麼多啦，我喝了就是。仰頭飲盡，才看到主人一臉懵。

我不喜歡這種宴席，雖有酒，卻無性情。

小時候所見的宴席，如遇那種能喝卻嘰嘰歪歪推脫半天的人，或者舉杯後磨磨蹭蹭繞著彎子拒酒的人，都會被眾人在心裡看低一等，有不少直率之士，會當場出言教訓。

後來回看，那種剽悍粗野的民風，豪飲的作風，必然被歸入「陋俗」之列，可於我卻受用得很。因至少在酒席上，看得到一個人的真性情。

無論如何，我記得出院時醫生對著那個四五歲的小姑娘，認真叮囑道：「吃食上少鹽，不可過量飲酒。」

那小姑娘鄭重承諾：「嗯，好！」

多少年了，一想起這個畫面，總能讓我樂上片刻。

＊＊＊

我少時愛讀蘇東坡，再大些迷戀陶淵明，除了他們的詩詞自然自在，將「完成自我」置於「立功立德立言」之上外，或許還有個重要原因，此二人都極好酒。

蘇東坡日日飲酒，卻酒力不逮，常常幾盞之後，暈醉過去，不多久復又醒來。他的許多曠古名篇，就在這醒醉之間，自心中不管不顧地流淌出來。

烏台詩案後，蘇軾被貶至黃州，蔣勳說：「這段時間是蘇軾最難過、最辛苦、最悲劇的時候，同時也是他生命最領悟、最超越、最昇華的時候。」

與陶淵明一樣，為了生計，蘇軾親事躬耕，開墾東坡，隨身戴一酒囊，「扁舟草履，放浪山水間」。

此際，在人間最孤寂的角落，在七百多年後，陶淵明深深地進入蘇東坡的內心。他一遍遍抄寫《歸去來兮辭》，寫：「夢中了了醉中醒，只淵明，是前生。」

他讀懂了淵明的消極，是真正的積極，他不是避世，而是入世。只不過這個「世」，不同於那個「世」。

他二人，雖時空遠隔，卻極多相像之處：都愛儒，愛道，愛佛，愛酒，愛詩詞，愛交友，愛自然。

他們日日飲酒，當它是安眠曲，是催化劑，它逼出真性情，與自然風雨融合，化為千古名篇。

蘇東坡常與朋友們在深夜暢飲，一次酒醉復醒，三更天回來家中，見大門緊合，敲門家童不應。

他只好坐於門前，拄著手杖，暗夜裡聽著滾滾江濤的聲音，吟出：

長恨此身非我有，
何時忘卻營營。
夜闌風靜縠紋平。
小舟從此逝，
江海寄餘生。

此時他離朝堂千里，祖墳亦遠，寄託半生的入仕報國與光耀門楣的志向，都成了妄想。

所餘，只剩江海般茫然難辨的人生路與載浮載沉的自我。透骨的孤寂中，餘醉的朦朧中，反而體會到了人生另一重遼闊、安寧與平靜。

***

今人喝酒多喝格調，早年新舊世界的鄙視鏈一出，喝的是概念和標籤。聚眾拚酒杯盤狼藉，喝的是交情和關係。

林清玄道，上乘的喝法，是一個人獨斟自酌，舉杯邀明月，對影成三人。但如今此種喝法，難免會被斥為「矯情」。

我一日日愈加好酒，也聚眾，也獨酌，早把小時候醫生的叮囑忘諸腦後。睡前必來一杯，就著月光書頁，覺得這一日結束於如此氣氛中，真不白過。

與友相聚，最喜那種真的好酒的朋友。他常面帶笑意地、鄭重地從身後托出一瓶酒，小聲耳語，這酒啊，如何如何。聽著介紹，就讓人酒蟲大動。

真正好酒之人，倒不愛拚酒，喝多喝少自在自取，喝舒服了為止。

也因此，席面上常千杯不倒豪飲之人，其實最不好酒，因那拚酒的作為裡，都是雜念。

我離開北京兩年多，毫不懷念其他，唯一常憶起的，是那時多少個暗夜裡，我家的一場場酒局。

做幾個家常小菜，或涮火鍋當晚飯，吃至九十點，開幾瓶酒，點上半桌蠟燭，就著絮絮不歇的話語，一個個面色紅潤，燭光中眼神越來越鬆弛，元神復位，開始做自己。

有人在這燭光酒氣中平靜地出櫃，有人和和氣氣地分手，有人做出轉換跑道的決定，有人撥琴哼曲、談佛談道談入世談歸隱。常至凌晨兩三點，酒喝乾了，蠟燭燒完了，才一個個散去。

真慶幸有那般日子，白天的艱勞立世，淤塞於霧霾車陣中的沮喪全不記得了，留下的是點點火光微醺中的暢然。

酒，真是好東西。怡情，見性，生豪氣，養悲憫，軟化在塵世勞碌中越來越堅硬的殼，安頓那顆本就無所憑藉無處倚靠的寂寞心。

看陶淵明詩，篇篇說酒，何也？

顧隨解：「世上無可戀念，皆不合心，不能上眼，故逃之於酒。」

只因這人生「哀榮無定在」，不如「忽與一觴酒，日夕歡相持」。

所戀念的，無非在酒中顯現的那一點真性情。

19

明月前身，流水今日

不只一次聽同齡朋友自嘲，說自己在很莊重的場合，居然會不合時宜地笑場。

其中有一位女友，被前男友通知分手的原因，更是聽得我目瞪口呆。

起因是這對戀人相約看話劇，演員謝幕時，身邊男友忽然站起來跑上臺去，對著台下觀眾說：「我要跟一個女孩子說一句話，請大家為我見證。」

很浪漫對不對？

可是，朋友說，她在台下瞬間僵住了，尷尬到無地自容，僅存的理智將她定在座位上，可當她看到男友的手伸進西裝上衣口袋，就要掏出什麼時，她再也忍不住，站起來狂奔而去。

不是不愛，而是無法面對過於劇情化的場面，赤裸裸地在眼前上演。

據說八〇後是喜歡解構的一代，少時經歷過太多宏大敘事的消解，讓我們受不了正經八百的莊重場合，一遇到嚴肅的儀式，不得已要裝模作樣時，就會渾身不自在，急切地想要通過玩笑，來把莊嚴的氣氛破壞掉。

於是，我們這代，即使感動，也難以當眾表達感動的情緒。很多年裡，就這麼苦苦克制著，裝出一副酷酷的樣子。

以致八〇後裡，流行一種「不動聲色的崩潰」，你看一個人總是歡笑，流暢地插科打諢，可是，在無人看到的時候，他會不動聲色地崩潰。

我們可以將任何權威與傳統，都用段子來解構，可再多解構與嘲弄，也掩飾不住這代人心底，絲絲縷縷的家國情懷。

八〇後中不少人，獲取了一點點經濟上的安全感後，你有沒有注意到，他們在狂熱地做什麼？

韋羲寫了一本中國山水小史《照夜白》，近日每每讀來，內心都要顫抖一會兒，那種像是被封印的過去記憶，忽然在某一個契機下，放飛出來。

韋羲寫自己小時候在家鄉的山裡走，一直走，他覺得這條路往裡面走進去，就是宋朝。在這句話裡，我讀出他的傷感，因為上一輩留給我們的山河，已經沒有多少美感，心目中的宋朝，只能在山水畫裡找。

二十幾歲時，我很喜歡背背包在邊疆之地旅行。那種大開大合的景致，人立於景中的渺小，能看到一星半點古時的文人山水。

一次，與旅途中拼車的同伴，一起在山中徒步。那時年輕見識少，以為祖國山河仍然大好，行走其中，自豪感油然而生。

可翻過一座座山，我們看見許多被削平的山頭，被挖去半邊的山體，要開礦山，要造機場，要取石，要修路……繁華與便利的生活，都需要從山河裡不停地，切一片填一塊。很多被削平的山頂，建起一排排豪華而醜陋的別墅。

有些山，向陽一面鬱鬱蔥蔥，可當我們徒步繞至另一面，突然一片凹進去的赤裸山體，在眼前洶湧而現，醜陋的山水巨石般壓在胸口，逼得人透不過氣來。

我們呆立著，一路上罵罵咧咧的同伴也沒了繼續罵的力氣，而另一位同伴忽然一屁股跌坐地上，痛哭流涕。疲憊與傷感，使他情緒崩潰，失態到不能自已。

後來得知，那位同伴是工畫之人，父親是山水畫家。他從小癡迷文人水墨，成年後習畫之餘，四處周遊。

那一幕，多年後，仍然纖毫畢現刻於心裡，他的痛苦神情，一浮現在我腦中，就會引起一絲隱微的刺痛。

看到韋羲所寫：「未見山水畫之前的山水、見過山水畫之後的山水，是兩個世界。」一時隔多年，才更深層地理解了那位同伴的失態。

＊＊＊

媒體說，八〇後一代已全面登上歷史舞臺，成為各行各業的中流砥柱。可我們接手的山河，就是這般模樣。唐詩宋詞與山水畫中的一切，都在現實中遍尋不見。

如果你去過京都，如果你在下雪的冬日，恰好站在京都某家居酒屋的屋簷下，看到簷頭垂下的冰淩，被簷下掛的燈籠映上一點胭脂紅。

你會看到封印在記憶中的畫面，就這麼真實化現在眼前。如果恰好你想起小時候背過的那一首：「綠螘新醅酒，紅泥小火爐，晚來天欲雪，能飲一杯無？」那麼你一定會不動聲色地熱淚盈眶。

我就這麼在京都的街頭，在失落與傷感的交織中，沒出息地熱淚盈眶。舒國治一遍遍去京都，為了看竹籬茅舍，日暮柴扉，別處再也見不到的唐宋之山水氛韻。

他寫道：「有時我站在華燈初上的某處京都屋簷下，看著簷外的小雨，突然間，這種向晚不晚、最難將息的青灰色調，聞得到一種既親切卻又遙遠的愁傷，這種愁傷，彷彿來自三十年前或五百年前曾在這裡住過之人的心底深處。」

這種愁傷，深埋在我們這代人的心底。

所以，給韋羲《照夜白》站臺的陳丹青，看到了如此景況：

我最近認識的一些八〇後青年，在做篆刻，做最高級的宣紙，做最精緻的茶壺，也就是所謂中國的生活方式裡最考究、最文人化的，最沒有市場效應的，介於民俗和文人美學之間的很多類型的事情，這些年輕人狂熱地在做。

宗教方面也是這樣，年輕人會跟我談禪，談佛，談道，還有人真的去修煉，這些都是我們那個年代不能想像的事情。

曾經全面失落的一切，所幸現今的八〇後九〇後，在狂熱地做。八〇後圃生在北京郊區專注地畫宋人小品，悠悠閒閒地過著小品畫般的精緻生活。八五後的蓮羊因癡迷古老的岩彩畫而東渡扶桑。

我見過九五後青春飛揚的男孩，每周一天雷打不動地學習中華茶道，還有越來越多朋友，在認真地學古琴，聚會時，會用稚嫩的技巧彈上半曲〈平沙落雁〉……

而這些人，年少時，都曾奮力追逐西方的審美與時尚。猶如我曾花掉很多年輕的時光，浸淫在傳播西方時尚的機構裡。二十幾歲時，我會花掉大半個月薪水，買下一件奢侈品。

可是，那些東西無論多麼華美，卻怎麼都不能觸動心裡最柔軟的部分。我們自身文化裡的隻言片語，卻有一種讓困於俗世中的心隨時飄起來的力量。

生下女兒還在月子裡時，一日家中無他人，我懷抱著她，無意中哼起歌來，半首已過，忽然閉嘴，因為發現哼的竟是〈送別〉。

我們母女不久前才相見，我卻在愉悅地哼唱：「人生難得是歡聚，唯有別離多。」可它多像人生的譬喻，母女一場，也終將指向分離。

移民國外幾年的好友，有一次在微信中不無心酸地說，每晚睡前，必得聽手機軟體裡朗誦的《詩經》，雖然仍不能完全聽懂，可是，那些至簡的詞句間，有著安撫鄉愁的魔力。

我們這一代，無疑是被消費浪潮裹挾著全盤西化的一代，可是，年歲漸長，內心逐漸感知到另一種深藏在血液中的能量。並且有越來越多人，放棄追逐財富，轉而狂熱地追尋這種力量。

他們在追尋中，時常聽到這樣的聲音：「因為你有錢，才可以這樣過。」可你怎知他們不是——「為了能追尋，我也曾奮力賺錢過。」

高曉松在京都採訪過匠人後，感慨地說：「經濟政治，是鋼筋混凝土；那些傳承千年的文化，那些百年老店，那些信仰，像鉤針織起來的那一張網，別看它軟軟的，它才是托住這個國家最堅實的東西，它是底線。」

韋羲在《照夜白》最後寫道：「山水就是我們的信仰，山水之於中國人，好比明月前身，中國人之於山水，亦如流水今日。」

好美的話！明月前身，流水今日，是多少人心底家國情懷的映現。

但願心有明月流水的這代人，能以心中的審美，觀照現實的世界，讓在繁華中醜陋不堪的山河，不再醜陋下去。

20

我喜歡的寂寞心

她坐在我面前，眼淚時不時簌簌而下。

剛剛結束的長途飛行和時差錯亂，讓她臉面浮腫，嘴唇四周起了一圈血紅的痘，疲倦紅腫的雙眼，只在掃過女兒滿屋玩具時，才有些許光彩一閃而過。

我和她在深夜裡絮絮而談，再不復從前一相聚便放肆張揚的歡樂。

在外面，她是頂級造型師，終年飛行在紐約巴黎米蘭上空，所到之處，盡是奢華精緻的物品，她在其中挑挑揀揀，任一樣，都抵得上一個普通職員幾個月的薪水。

然而此刻，在我眼前的，卻是一個人至中年、疲憊不堪、婚姻失和、寂寞蕭索的女人。

她問我，你會不會時常覺得，越往前走，越孤獨。

我說，會，因為知交半零落。

***

十一年前，她從國外學成歸來，我剛從上海回到北京工作。

二十出頭，一同進入一本一線時尚大刊，在北京一座繁華摩登的辦公大樓裡，一起懵懵懂懂，試探著融入這個行業與社會。

每天早上，費心搭配衣服，化好精緻的妝，踩著高跟鞋，準備出門去迎合那個挑剔的世界。

那個時代，那個世界，有許多今天看來怪異的價值評斷，身在其中的小嘍囉們，拿著幾千塊薪水，強裝出在過上流社會的生活（雖然其實我們也不知道上流社會在過什麼生活）。

一天的體力勞動後，經常空著肚子，在燈火亮得淒清的夜色裡下班回家。公司門口叫不到車，就踩著高跟鞋忍著腳脖子的痛麻，抖抖索索地，走去車更多的長安街。

然而那時卻那麼快樂，一路上我們時常笑得蹲下，顧不得路人側目皺眉，像是要釋放掉這一天謹小慎微、如履薄冰的重重壓力。

一日下班後餓極了，我倆一拍即合，去路邊的蒼蠅小館吃烤雞翅。那家館子我和男朋友去過，兩人吃到三十串雞翅便撐了。

擠坐在幾平方米的小館子裡，我憑經驗豪氣地點下三十串，想著足夠了。

一通埋頭狂吃之後，坐在對面的她抬起臉說：「不夠。」

又點了二十串。

看著她華服在身，眉眼精緻的妝還精緻著，嘴巴上的口紅殘留一點，大嚼著雞翅，不時豪放地就一口啤酒。

最後一個雞翅下肚，她將瓶中殘酒一飲而盡，飽足地冒出一個響嗝來。

我遮住眼睛說：「太難看了，別說我認識你。」

這副樣子，若是被同事撞見，估計要大跌眼鏡了吧。

想像著被那些衣冠楚楚的人撞見時的場景，我倆竟笑得掉出眼淚來。

如今想來，那是我倆知交的起點。

以最真的性情赤誠相見，不端不裝。共同看不上那時彌漫的、人心犄角旮旯裡的那些齷齪，並互相提醒：

「不管以後我們平凡還是光鮮，永遠不要成為虛偽、虛榮、胸無點墨，如一隻花蝴蝶般奔波在各種社交場合迎合這個世界的人！」

她點頭說：「要成為一個靠本事立足的人。」

＊＊＊

以技藝立足於世，她有這樣的追求，也有這樣的稟賦。

她家世不凡，從小卻學習不好，甚至有些呆，在才情出色的一眾堂兄妹之間，抬不起頭來。

唯有一長，愛畫畫，但在我們成長的時代，學習成績好是王道，些許才藝不過如錦上添花。

長期得不到肯定，連她也覺得，或許自己真的是一個沒用的人。

以致高二時的一天，她沮喪至極，坐在家中窗臺上默默流淚，想像著若是自此跳下去，大概也是一種解脫。

這樣的人，人生總有一種寂寞的底色。

後來她考上一所不入流的大學，幾乎成了家族的笑話。自覺前路黯然，她在大二時退學，申請了國外的設計類學校，唯一的特長，第一次成了優勢。

在完全不同的評價體系裡，她的特長，被校長給予了極大的鼓勵和發掘，竟因此成了一位以才華見長的優等生。

她說，那真是人生的轉捩點，也像莫大的諷刺。因此獲得的，是對主流標準的質疑，以及任何時候都不要輕易放棄自己的信念。

她身上常有一種拒人千里之外的冷寂氣質，在專業上又有著熱烈的堅定，在矛盾中調和成獨特的風格。

回國後初入行時，有一次，我陪她去拍片，合作的是業內有名的攝影師，拍的是一位明星。

以常規的標準佈景拍攝後，她看到成片不滿意，又重新佈景，調光，還不滿意，再重複，折騰到深夜，片場幾十號人開始不耐煩，明星也面有慍色。

我擔心地看著她，而她正沉浸在每一個細節的完美打造中，完全沒注意到場子裡的怨氣正暗中積聚。

又一個微小細節的重新調整，攝影師突然撂挑子了，一言不發，摔門而去。

現場氣氛僵滯。

攝影助理過來找我，要我勸勸她，說差不多得了，平時都是這麼拍的，這麼較真讓誰都不好過。還暗示說，她一個新人以後還怎麼混。

我找到她，她正窩在換衣間裡，神情沮喪。

我說，要不就這樣了？反正肯定有能用的片子。沒必要跟攝影師搞僵，以後不好合作。

我以為她會說好。

沒想到她搖頭，沒半點猶豫的神色，沉默片刻後說，我過不了我自己這關。

她給我看手裡的一堆reference（參考），是頂級的大片。與剛拍出的片子一比，高下立現。

「你看，我的標準是這樣的，再多些時間能拍出來。這麼多人花了這麼多時間，為什麼要差不多的東西？」

我沉默。

「我肯定能拍出更好的，你要信我。」

我被她說服了，心裡泛起一絲凜然。

「那咱絕不將就，得想辦法去溝通。」

接下來半小時，她先去跟明星溝通，再進了攝影師的房間，我們聽到爭吵，然後是長長的沉默。

外面許多人吃驚地等待著，心裡大概都在嘀咕，一個不知天高地厚的新人，怎麼敢這麼較勁。

最後兩個人走出來，攝影師攤手苦笑，說大家打起精神，繼續拍。

我和她相視一笑。

那一夜過去，累得人仰馬翻，拍完已經天亮，就為了一張在雜誌上呈現一頁的片子。

當看到電腦螢幕前最後的成片，大家都不出聲了，那個水準，在行業裡不常見。

十年前，匠人精神還沒被提到台前，我便有幸在初入職場時在一位八〇後姑娘身上見識到了。

那是忠於心中的標準、絕不妥協的精神；是整個行業都在說夠了、可以了的時候，仍不止步的堅定；是敬畏自己的專業，不屑於用機心、捷徑博取浮名的真誠。

拙，但有貴氣。

＊＊＊

十年後，她一路行至最熱鬧的地方、最巔峰的階段，卻仍如當初，唯一求的，是做一個靠技藝立足於世的人。

匠心，其實是一顆寂寞心，「寂寞心蓋生於對現實之不滿，然而對於現實之不滿，並不就是牢騷。」

坐在我面前的她，淡淡地說：「就是常常覺得太孤獨了。」

我說：「感同身受。」

你在熱鬧的時代，聲色犬馬的行業，每天被明星名流華服圍繞，卻在追求一顆至真至簡的心，又如何會不孤獨？

「越往後，會越孤獨。十年前，我就知道，你成不了大多數，孤獨是必然的。可是，孤獨不好嗎？」

她沉默了一會兒說：「好像也沒得選。」

「你看，從來沒見過一個事業成功、家庭和滿、朋友環繞、熱熱鬧鬧的完美人兒。咱們得到的，夠多了。」

她仰起臉，讓眼淚在眼眶裡待一會兒，深吸一口氣，再呼出時，臉上已不復剛才的蕭索，我知道，她心中已經復歸清明。

不盲從，必然形單影隻。追求心中至高的標準，必然會高處不勝寒。

小半生過去，最重要的是學會了，不沉溺光芒，而是品嘗寂寞，不是慶賀得到，而是歡送失去。

這十年中，混於俗世，常能看到身旁湧動的機心，偶爾會有跟隨模仿的欲望。畢竟用一些手段，會使許多事情更快達成。

但在每個當口，一想到她，我就及時止步，並泛起隱隱的不恥之心。逐漸相信，人必有所不為，然後可以有所為。

許多人在人生路上的熱鬧處，朝著那熱鬧奔去，再也沒回來。她說：「不能怪別人貪圖熱鬧，是我們在熱鬧裡待不住。」

以前唱「天之涯，地之角，知交半零落」，以為是說年歲漸長，知交好友一個個離去。與她促膝而談的間隙，我忽然明白，所謂知交半零落，原來是說——人生路上岔道糾結，走著走著，曾經的同路人漸漸失散，隱沒在許多條你永遠也不會踏入的小徑上。

還能同路而行的，在彼此眼裡會看到堅定，寂寞，一聲嘆息後，相視一笑，莫可奈何。

21

活在盛放，也活在凋零

我和夕照認識十年了，從她的二十二歲到三十二歲。

十年如一場大夢，倏忽而過。又像一場精心編排的狗血劇，看得人唏噓。

很多事雖然沒有機緣親自經歷，但他人的生命啟示，何嘗不是我們前行的燈火。

＊＊＊

我第一次在復旦旁邊的酒吧見到夕照時，跳動的燭光映在她臉上，她明媚地淺笑著，眼裡盡是神采。

那晚我們社團開會，輪到她發言時，我聽到一把乾脆得冒著爽氣的聲音，說了將近十分鐘，半句廢話和口頭語都不摻，我心裡暗嘆，真是有才啊！

那時的夕照，像是與這世界的一絲陰霾都不沾。

我平白對她生出好奇，和同學聊天時總忍不住多問一句。

後來陸續拼湊起她的資訊，北京人，爸爸是建築師，老復旦畢業生，爺爺也是復旦畢業，我們一般把這種同學叫做「復二代」。

夕照家境優渥，家學深厚，聽說她爸是個超級暖男，將她從小一手帶大，寵愛得很，她倒是一點沒有驕縱之色，反倒很會照顧人。

爸爸對她唯一的要求是，要上復旦，如果成績差也就罷了，成績好，那一定要報復旦。大概是家庭的一種執念吧。

＊＊＊

夕照復旦畢業時，手裡握著好些個優質offer（錄用通知）。考慮到爸爸年紀大了，「媽媽又從來不懂照顧人」，於是她選擇回北京工作，進了央視某名牌欄目做編導。家在北京，有房有車，十年前，這簡直就是同學眼裡的人生贏家了。

後來我也回北京工作，重聚時，她已是俐落的職場人模樣，一頭細碎短髮，大眼睛，眼裡少了些神采，有了淡淡的疏離感，我以為那是職場打拚後，必然會生出的一種成熟。

那次幾個舊友聊天到深夜，我高談闊論著工作裡的新鮮感受，語畢她忽然問我：「現在做的，是你從小到大的理想嗎？」

我一愣，心裡對這問題有點想閃躲，又看她一直盯著我等回答，才說：「不全是，但接近了。」

夕照微低著頭，眉間淡淡地擰著：「我從小到大的理想，是當幼兒園老師，高考那會兒，為了有可能報師範的幼教專業，故意沒做完試卷，但最後也沒能如願。」

我有些驚訝，向來聽人談理想都是就高不就低，而夕照，那麼出色的成績和才能，倒成了阻礙。

另一個朋友開玩笑：「我小時候的理想還是遨遊太空呢，都是說說而已。你現在這履歷，去應聘幼稚園老師，估計沒有幼稚園敢要你，怕是比當上電視台台長還沒可能。」

我當時覺得，這不過是夕照圓滿人生中，要故意安上的一點遺憾。畢竟太順遂的生活，總顯得不夠深刻。

「有很多人能做幼稚園老師，但不是很多人都能擔當你現在的角色。」那晚散場時，我這麼勸她。

後來，她果然沒再提過這件事，我也自以為是地確定了自己的猜想。

＊＊＊

不久，夕照遇到一個男人，談了幾個月，就宣佈要結婚了。

她結婚前，我們聚過一次。那個男人——叫男孩還比較適合——全程靦腆地低頭吃著離得最近的一盤菜，繼而低頭吃著飯後甜點，繼而低頭攪拌著一杯咖啡，很少參與我們的聊天。

他偶爾抬頭，遇上我打量他的眼神，竟然會臉紅到脖子。

誰也沒想到，夕照會選擇這種，看上去人畜無害又像老僧入定的大男生，是個工程師。

夕照的意思，是想找個安穩的人，早點要孩子，說本來他們做電視的就輻射大，年齡大了生對孩子更不好。

我開玩笑說，你不會是想彌補當不成幼稚園老師的缺憾吧。她笑笑說：「是啊，我倒希望我能像隻豬，可以生出一個幼稚園的孩子。」

我笑得扶牆，說你就不怕耽誤事業，你們電視台競爭多激烈啊。

夕照說，這工作本就是個替補，沒什麼好耽誤的，我又不打算當台長。

「多少人羨慕你，你卻暴殄天物。」我懟她。

「被那麼多人羨慕，我得多普通啊。我又不是沒勁的人生贏家。」

「怎麼不是，你就是啊，你們全家都是。」

婚後，她沉浸在忙碌的事業和平靜的家庭生活中，大概還有努力造人中，將近兩年我們很少見面。

唯一一次，被她拉去上節目做嘉賓。

攝製現場，我看到她小小一隻，臉色嚴肅地穿梭在一堆糙爺們錄影師和黑乎乎的機器中間，自有一股說一不二的冷毅氣場，淡定自若地指揮現場幾十個人。

真是出色呀，我心裡感嘆。

那個人畜無害的男孩，是怎麼搞定她的啊。

＊＊＊

有一天，她忽然約我，說是新裝修了房子。

我們去她家，那間房子，馬卡龍灰粉與灰青的色調，淡淡的，不見男主人的痕跡，我覺出點異樣，卻也不敢貿然開口。

果然，剛坐下，夕照就說：

「幾個月前離婚了，他出軌，說跟那個是真愛。

「是他自己坦白的，說那個人更需要照顧，他們必須在一起。

「他說和我過得像涼白開，沒有轟轟烈烈的感覺。」

這些話，從她嘴裡說出來，聽著真是不習慣，那麼驕傲的人。

她是毫不糾纏的性格，二話不說辦了離婚，馬不停蹄重裝房子，強裝出迎接新生活的姿態。

抹不去的，是心裡堆積的困惑和悲哀。

「這幾年，不管做節目多晚，睡前一定給他備好第二天的早餐。」

「你知道我們做電視的，下班沒個準點兒，我每天趕回家給他做晚飯，做完扒拉幾口，再回電視台加班……」

第一次聽她描述婚後細節，聽得我心裡發堵。

瞥見一旁牆上淡青色的碎花壁紙，忽然心裡掠過一念，明白過來。

「你把他當小朋友照顧？」

「嗯，他不會照顧自己。」

「不是說早點要孩子嗎？」

「他總說沒準備好，我們只為這個吵過。」

「我記得，你說你從小到大最想做幼稚園老師？」

她沉默下來，忽然就淚如雨下。

未去實現的、以為早就黯淡的夢想，陰魂不散地以另一種方式佔據她的生活。那個從小到大一成不變的幼教之夢，天長日久地壓抑著，變成了她的阿基里斯腱。

那一刻我突然明白，原來對於這世上很多人，最難的不是現實困苦，而是漸行漸遠的連影子都漸漸模糊的夢想之路。

＊＊＊

女兒離婚這個突發事件，對夕照的爸爸打擊很大。他想不通自己這麼出色也不霸道的女兒，為什麼會遭遇這種事。

夕照不允許自己陷在悲傷裡，周末回家，在爸爸面前強作出一張不在乎和已痊癒的笑臉。

可是，爸爸一口氣堵在心裡，散不去，看著夕照笑嘻嘻的樣子，忍不住背過身去，老淚縱橫。

夕照說：「年輕的我們，沒什麼過不去的，可對於變老的父母，有些事真的過不去。」

離婚不滿一年，爸爸檢查出惡性腫瘤，已經晚期，醫生斷言，就剩幾個月。真是狗血！是不是但凡順遂的人生，前面大多埋伏著地雷，定時炸響。

夕照辭了電視台的工作，全職照顧爸爸。從確診到離世，爸爸撐了兩年，夕照說已是極限。

漫長的兩年，真不知她怎麼獨自撐過。

中間給我打過一次電話，又一次重要的手術前，她百般猶豫。

我記得她說：「我爸拒絕做手術了，因為這次後，得隨身帶個糞袋，他接受不了自己這樣。醫生跟我說，不做的話，很不樂觀，做了，能再撐幾個月。」

我在電話這頭說不出話來。

二十幾歲，大部分同齡人，生活中最難的決定，無非是選哪個男人，換哪個工作，可夕照要決定的，是讓她爸爸活多久。

後來手術還是做了，父女倆相守著，過完了最後四個月。

「最後幾天，爸爸堅持要住回家裡，我後來明白，他大概很清楚自己的狀況了……那天，他正睡著，突然大出血，流了滿床滿地，我壓著傷口，等救護車來。我媽嚇暈了過去。壓到手沒有知覺，我覺得自己像在地獄裡。」

救護車來時，爸爸去了。

幾個月後，我見到夕照，她平靜地敘述，像是在說上輩子的事。

「世界上最愛我的那個人不在了，以後，我得好好活著。」

我心中大慟。

＊＊＊

夕照重新回到「正常的生活」，年輕時沒有什麼是過不去的，從夕照身上，我明白了這點。

但人心裡的模樣，如何滄海桑田，物是人非，都是外人看不到的。

即便我們的見面頻繁起來，我也並不能真正看進她心裡去。

將人與人隔開的，從來不是時間，而是經歷。夕照經歷過的，是我在平順的生活中永遠無法感同身受的。

我們常說「我理解你」，但何其難？

夕照開始找工作，之前的電視台領導邀她回去，她拒絕了。一份簡歷反反覆覆修改了好幾天，然後全投向了幼稚園。

她將那些輝煌的職業經歷全部刪掉，別人都在美化過去，她只恨曾擁有過的一切，白紙黑字，都是前行的障礙。

結果當然是頻頻被拒，專業不符，學校太好，都讓對方質疑她的企圖。

將近兩個月後，我的鼓勵說到自己都不相信時，一家外資私立幼兒園集團給了她面試的機會。

園長問她：「說說你的意圖吧？我很好奇。」

「我從小就夢想當幼稚園老師，可是成績太好了，而且，家裡也不允許。」

「那現在怎麼又允許了？」

「因為我在乎的人，不在了。」

＊＊＊

夕照最終進了那所幼稚園，當上了一個普通的幼稚園老師。薪水，從以前在電視台的月入幾萬，到現在每個月四千多。

為了慶祝她的人生重新開始，我抱著一歲的小奶娃，穿越大半個北京城，奔赴她家裡。

大概這世上再沒人這樣的慶祝了，為終於捨棄高大上的工作，為終於讓薪水順流直下三千里而慶祝。

在夕照身上，我理解了顧城寫的：「一個澈底誠實的人是從不面對選擇的，那條路永遠會清楚無二地呈現在你面前。」

那天晚上，夕照的朋友圈發了這樣一段話：

什麼是解脫痛苦最好的方法？
活在苦中，也活在樂裡；活在盛放，也活在凋零。
活在當下那一刻，斬斷過去的憂愁和未來的恐懼，得到真正的自由。

兩年過去，夕照已經是那所幼稚園的骨幹了。我常常翻看她朋友圈裡的照片，和孩子們在一起，她明媚地笑著，好像與這世界的陰霾一絲都不沾。

這不是一個勵志故事，甚至在一些不太熟的同學眼裡，夕照隱約帶著人生loser（失敗者）的氣息，在日漸位高權重的同學圈裡，她像個異類。

可是，我漸漸明白，這是她對無常人生最好的回應。而世人總是心懷僥倖，覺得意外永遠不會到來。

某天夜裡翻到《與神對話》，看到這樣的句子，那刻心裡閃過夕照的笑臉，她像是用自己的人生做出了開示：

別去嫉妒成功，也別憐憫失敗，因為你不知道在靈魂的權衡中，什麼算成功，什麼算失敗。

永遠走自己的路，同時允許別人走他們的路，就可以了。

我在心裡說，夕照，你的啟示，我聽懂了。

22

人生莫問來處

女兒出生後，我請了一位阿姨幫我料理家務。阿姨姓王，四十多歲，半輩子待在農村，老家有二十畝薄田。晉北土地貧瘠，二十畝全種了玉米，豐年時，全家年收入四萬多。

來我家打工，是她第一次從村裡出來，也是她們村第一個敢獨自出來打工的女人。這麼勇敢，是為了掙錢供女兒上學。

王姐有兩個女兒。農村重男輕女，旁人勸她：「好歹得再生個男娃，不然老了誰養你。」

她不聽。

不僅如此，她還累死累活地供大女兒念完大學，花光了她全部積蓄。小女兒快初中畢業了，王姐狠了狠心，決定出來打工，給小女兒掙大學學費。

村裡人說，女兒都是給別人養的，你這麼做不划算呀。

她不聽，「我不圖娃們以後養我，我只求念書讓她們有個好前途，以後過得比我好。」

每次說到這裡，她都免不了抹幾把眼淚，說自己無能，不能給女兒們更好的條件。

這股不聽勸的「倔勁」，讓王姐有機會走出自己的路。

＊＊＊

王姐初中畢業，聽說上學時就是個好學生，奈何家裡太窮，沒法讀下去。二十出頭嫁人，夫家赤貧，唯一看上的是：「人好，而且那會兒他還是個工人。」離開農村，是她年輕時最大的心願。

嫁過去，不僅沒有聘禮，夫家還背著一屁股債，公公是個鰥夫，丈夫還有未成婚的弟妹。村裡這樣人家的兒子，不打光棍都不尋常。

王姐就這麼嫁了過去，「那幾年的日子，窮得叮噹響」。

後來丈夫在的廠子倒閉，丈夫變回農民，全家沒有別的收入來源，全靠那二十畝地。

王姐那時就成天琢磨，怎麼讓這地多打點糧食多換點錢。

農村裡機械播種已經普遍，省時省力，但比較粗放。王姐帶著全家人力播種，一個種坑裡放兩棵，確保最高的出苗率。

北方土地只種一季，種子播下去，農民就閒了。晉北農村觀念保守，寧肯在家喝稀飯，也不願出去打工掙錢。

於是，成堆的閒老閒少，要麼蹲在牆根兒下嗑瓜子，要麼窩在棋牌室打麻將。女人們手裡拿點針線活，往大門口一坐，開始東家長西家短。

王姐說，她最看不慣家裡窮得缺吃少穿，還有心思去打麻將的人，她也不愛聊人是非。

她所有的心思，都在琢磨怎麼賺錢，怎麼脫貧。

夏天地裡澆灌，一般人家澆一到兩次，她和老公勤快，盯得緊，一季澆三四次。

秋天收割，同樣二十畝地，她家能賺四萬多，比別人家最多時能多出一萬多塊。

冬天農閒了，王姐就去村裡的理髮店打工，一個月能掙八百。

一天從早忙到晚，賺這麼點，很多人都不稀罕賺這辛苦錢。王姐不嫌少：「年前忙幾個月，能賺三千多，過年的花銷就出來了，孩子們的新衣服也能穿得齊整些。」

王姐還明白一個道理，家裡窮，就更不能多生孩子。生了兩個女兒後，還有指標再生，可她覺得夠了。再多，每個孩子攤到的資源就更少了。

「男女有啥區別，都是自己的娃。」

我聽她說這些，覺得她有難得的理性，還思慮長遠。

不論身處什麼境地，一個人沒有任何條件時，就只能比別人更勤奮，以此獲得最初的成長條件。

＊＊＊

靠著每年多賺一點，零敲碎打地省錢攢錢，一年年過去，王姐不僅還清了債，還在婚後第七年時，花盡積蓄，不惜再次舉債，蓋起了自己的大瓦房。

蓋房，是一個莊戶人家窮其一生的追求。不是每個女人都有這樣的志向和魄力，王姐勤勞，還倔，認定的事，絕不妥協。

缺錢，是王姐半生裡最大的陰影，揮之不去。所有的事，她都會在腦子裡自動換算成「能省多少錢」，「能掙多少錢」。

她一直都堅信，只要有錢了，就能過上幸福快樂的日子。

然而，生活告訴她，磨難從不會如此純粹。

村裡遊手好閒的年輕人打鬥，王姐的父親無辜受連累，在一天出門挑水時，被惡棍在井邊刺死。

常以為只有大人物的人生才波瀾壯闊，可我聽王姐絮叨前塵往事，點滴片段拼拼湊湊，常常聽出波瀾壯闊的感覺。生活的精彩和苦難，何曾特意放過誰？

父親被殺後那兩年，她眼淚都流乾了。農村人迷信，她是念過書的，不信那些。可那兩年，痛苦讓她生出盼望，她倒真希望有鬼，希望見到父親的鬼魂。

她專挑沒有月亮的夜晚，去村後的墳地，對著那濃烈的黑暗說：

「要是真有鬼，那你就出來——」

「我等著鬼出來，等半晚上，啥也沒有，你看，都是迷信。」

王姐變成一個什麼都不信什麼也不在乎的人。這並不是消極的態度，而是獲得了一種精神上的自由。

劉瑜總結過類似的感受——絕望能帶來自由：真正的絕望讓人心平氣和，讓人謙卑，讓人只能返回自己的內心，「命運的歸命運，自己的歸自己」，就是說，它是自由。

出來打工，就是這種自由的驅動。她無視任何人的阻撓，保守的村子裡流傳著她拋夫棄女跟城裡人跑了的種種故事，她充耳不聞，決絕地要為自己的家人謀出個好日子。

＊＊＊

在我家一年多，我忙於孩子，把大半個家交給她，日常採買全由她打理。每天的花費，她都會仔仔細細記在一個小本上，精確到角，每個月結束拿給我，固執地叫我一定要好好看。

我從來不是精打細算的持家高手，過去也常不屑於此，可還是被王姐所掌握的這項技能所震驚。

全家一個月的吃喝，竟然不到五百塊，並且我要母乳，每日吃的看上去並不儉省。

後來發現，王姐持家，絕不會浪費一點食物，她會細細觀察每個人的食量和偏好，每道菜每餐飯都力求剛剛好。

一棵白菜，每天切一小塊炒，常可以吃一周。

因為菜樣多、數量少，餐具逐漸變成了一些小小的碟，淺淺的碗，我笑說一山野農婦，卻做出了日本菜的精緻感。

王姐好學，對新的生活方式，她的態度十分開放。

看我做過一陣烘焙，她便決定要學，回去讓老公和女兒嘗新鮮。

她在電腦上對比各種配方，試做，中意的配方抄在自己的小本本上，做得有模有樣。

打工讓王姐家的收入成倍增長，半年後，她開始大刀闊斧地遙控老公改革生活方式。她用打工掙到的錢，給家裡買了烤箱，臥室貼上壁紙，買了吸塵器。嫌燒爐子煙塵大，她大手筆地撥出一筆「鉅款」，把家裡的取暖設施改成土暖氣——在村裡，她是第一家。

跟老公打電話說：「家裡得有花，地裡那一片片的野花，咱也摘點插在個瓶子裡，好看。」

她放假回家，第一次烤蛋糕，村裡人來圍觀，她端著盤子房前屋後地送。那小小的蛋糕，連同家裡的變化，一掃人們的偏見。王家成了村裡過得「最紅火」的人家。村裡婦女看得羨慕，爭相來託她幫著在外面也找找打工的門路。

＊＊＊

改造完生活方式，王姐在精神上的追求也迅速展現出來。

她幹活利索，上午幹完活，下午就沒事做了，又不愛到社區裡跟其他阿姨聊八卦，我就給她選書看。

開始不過是心靈雞湯、故事大王之類，沒想到她很快看完了，還我書時，說：「能不能再挑些，有營養的。」

於是，從馮唐、季羨林，到舒國治、村上春樹，後來不需我推薦，她看完就從滿牆的書架上自己挑選，看得如饑似渴，看完總要跟我討論一番。

有一天，我甚至看到她捧著一本克里希那穆提的《生命之書》……

再有一天，她忽然對我說：「我發現書是個好東西，能讓人變得有見識，有能耐，還能解煩惱。」她臉上有一種對自己特別滿意的神情。

我知道，從那天起，無論她未來的生活境遇是好是壞，她的心都不再容易乾枯，王姐不再是原來的王姐了。

我從來沒把王姐只當保姆看待，每個人來到我們的生命裡，都會帶來啟發。她讓我看到，一個原本身處人們所說的「底層」的人，縱然負債起家（連白手起家都算不上），還是可以憑藉勤奮、吃苦、勇敢、好學這些最樸素的品質，獲得更好的生活。

王姐說過一句話：「橫豎餓不死，怕個啥？」這句話，真有股巨大的豪氣。

後來我搬來大理，我倆朝夕相處的緣分便盡了。後來，我聽她說回村了，買了收割機，到鄰近村子裡去幫別人收割賺錢，她還想開個小蛋糕鋪子，賣自己做的蛋糕、奶茶。

偶爾看她發朋友圈——「幹活累了，煮個下午茶」，圖片配上自己烤的馬芬蛋糕，還有她在城裡時學會的現煮奶茶。

她還會文縐縐地感慨：「進城那一年多，我整個人生都不一樣了。」

想擁有更好的生活，除了求好的決心，一靠勤奮，二靠折騰，三靠學習，這是我在王姐身上學到的，它不分階層，適合我們大多數人。

23

半世風流半世空

十四歲的暑假前夕，無意中從同學手裡傳到一本《弘一法師傳》，隨手翻看，幾句話闖入眼裡：

十五歲的李叔同，文才初露，寫下這樣的詩句：

人生猶似西山日，富貴終如草上霜。

那時雖和彼時的李叔同同齡，卻常覺未來無限遠，生老病死，更是遙不可及。看到十五歲的少年人寫的這一句，竟一時呆住。

記得周遭是慶賀放假的喧鬧聲，我坐在窗邊，餘光瞥見喜歡的男生在後面幾排，也正獨坐翻書。

迎著窗外刺眼的陽光看去，心上出現了瞬間的抽離。

像是許多年後的我，正旁觀當下的自己。籠罩在光霧中的青春、蠢動的情感，終會消散，即便未來如何，也再不會有此刻了。

十四歲最尋常不過的一天，於我卻意外地窺到了一點人生之外的東西。

＊＊＊

那個暑假一開始，我去縣城裡滿佈故紙味的新華書店，買下那裡所有版本的李叔同傳記，兩個月裡沉迷其中。

在某種人生的層面上，他如啟蒙之師。

照著書中附贈的樂譜，我把自己關在房裡反覆練習〈送別〉、〈大國民〉，被那激越或清麗的歌詞迷得顛三倒四……

年少時作文，喜歡用「洗盡鉛華歸於平淡」之類，造作地增添一些自以為是的厚重感。

而這華麗詞句所述的人生，也只在小說中讀過。

是李叔同的一生，讓我見識到一個真的曾存於世的鮮活案例。

十五歲詠出「人生猶似西山日」；三十九歲在藝術生涯絢爛至極時，入佛門，奉失傳七百多年的南山律宗；二十四年持酷戒修行，成律宗十一世祖，與虛雲、印光、太虛並稱民國四大高僧。

這樣的一生，大開大合，又極富細節的悠揚婉轉，真是迷死少年人。

弘一法師說：

「人做得剔透玲瓏了，便是藝術。那時你可以捨生取義，你可以視死如歸，你可以視金錢如糞土，你可以視富貴如浮雲，你可以視色相如敝屣。」

何以做人能做到「剔透玲瓏」？

豐子愷將人生分為三種境界：物質—精神—靈魂的三層樓。

「懶得（或無力）走樓梯的，就住在第一層，即把物質生活弄得很好，錦衣肉食，尊榮富貴，孝子慈孫，這樣就滿足了。這也是一種人生觀。抱這樣人生觀的人，在世間佔大多數。

「高興（或有力）走樓梯的，就爬上二層樓去玩玩，或者就久居在裡頭。這樣的人，在世間也很多，即所謂『知識分子』、『學者』、『藝術家』。

「還有一種人，『人生欲』很強，腳力很大，對二層樓還不滿足，就爬上三層樓去。他們做人很認真，滿足了物質欲、精神欲還不夠，必須探求人生的究竟。」

豐子愷總結其先師李叔同：有一種強烈的「人生欲」。

李叔同的做人，極其認真，不事圓融。做事，必身體力行，不做則已，要做就做得澈底。

李叔同從富家子弟到弘一法師，人生一場戲，兩幕登臺，僧俗二界皆淋漓演繹，世間稀有。

＊＊＊

清末一八八〇年，李叔同出生於天津巨富桐達李家。

其父李筱樓，與李鴻章、吳汝倫三人並稱為晚清三大才子。後因看不慣官場黑幕，辭官經商，成一方巨富。

李筱樓信仰禪宗佛學，一生樂善好施，每年所獲資財，小半用來設義塾，撫恤貧寒孤寡，被津人頌為「李善人」。

佛門講因果不虛，弘一法師半世修為，終成一代高僧，如何都不能小看生在積善之家的因緣。

這樣的出身，讓李叔同享盡物質生活的豐裕。如今人人心中渴盼的財務自由，李叔同一出生便擁有了。

他也不枉這錦衣玉食的滋養，才華出眾，十幾歲便以書畫揚名津門。後到上海，文才展露，「二十文章驚海內」，能詩能書能畫，擅金石，通音律，且樣樣都不是泛泛之才，單拿出任一樣都屬翹楚。

李叔同在藝術上，是一個天才。

藝術上初放異彩的同時，二十幾歲，他的情感生活也是一生中最為豐富的時期。自古才子多風流，李叔同也一樣，家中有奉母命娶的原配妻，家外則流連於上海才豔雙絕的名妓之間。

這一段奢靡生活，早前看到在許多傳記中被一筆帶過，像是李叔同完美人生的不完美處，可我覺得，這是他埋首濁世的必然，擁有時盡情享受，失去才可坦然。

如豐子愷所說：「我崇仰弘一大師，是因為他是十分像人的一個人。」

像人者，第一點，就是不偽善，對人對事至情至性，縱使荒唐，也要磊落。

二十六歲母親病亡，加上國家積弱凋敝，心中哀傷無法散去，李叔同決心，與過去的浪蕩生活訣別，東渡日本留學，謀一個可濟世的將來。

而他做人的澈底，也由此開始，展現出來。

在東京上野一幢公寓樓裡安住下來，李叔同決定做「日本人」。

睡榻榻米，吃生魚片，穿兩個大袖的和服，晨間沐浴，小盅喝茶，說話低眉順目，有客來訪，腰彎及地。

半年過去，公寓附近的人們，竟不知他是中國人。

在日本學西畫的餘隙，他愛上了鋼琴，為了使手指更適於演奏，甚至去做了指模割開手術。戲劇上，他組織春柳社，演《茶花女》，引起轟動，成為中國話劇的開端。

「凡藝術的園地，差不多被他走遍了。」在每一個藝術領地裡所取得的成就，都讓常人難以望其項背。

按照現在流行的邏輯，他能這麼專注於藝術，那是因為有錢啊。

這麼說沒毛病，那時他名下三十萬資產，而二百元夠一個在日留學生一年花費。

然而，富貴終如草上霜。

一九一一年，從日本回國第二年，李叔同正在天津執教。清政府將鹽業改為「官鹽」，李家投資於鹽業的銀號全數覆滅。

父輩攢下的萬貫家財，除了河東的一處房產，幾近蕩然無存。

執掌家業的二哥瀕臨崩潰，李叔同卻很淡然，除了他有藝術可供寄情，也因現實恰印證了他年少時就起的心念，「我們與生俱來的，除了赤裸著的身子，別無長物。」

英雄安在，荒塚蕭蕭。

你試看他青史功名，你試看他朱門錦繡，

繁華如夢，滿目蓬蒿！

此後，李叔同迎來了一種莊嚴、刻苦的人生。

赴杭州執教，兩身雲灰布長衫，黑嗶嘰馬褂，高額、細眼、長型面孔，有了一種神聖悲憫的神韻。

這與少年時的李文濤，日本時的李岸相比，幾乎脫胎換骨。

「他做一樣，完成一樣；他放下一樣，便永不回顧。這種看得破、忍得過、放得下的斷腕魄力，是別人所沒有的。」

他在杭州執教期間，給學生的信中勸導說：「要和光同塵，既保留個性，又為世所容。」

這樣一種做人的態度，後人總結為「以出世的心做入世的事」，入世時，每一分做得徹底，又不執著。如此，才能活在世間，卻不屬於它。

＊＊＊

於每個時代而言，高尚的人格，比絢爛的藝術，比傾城的財富，都更缺乏。

三十九歲的李叔同，藝術已臻化境，卻無法解決他心中人生究竟的問題。

「什麼是人生究竟的知識？」雪子問他。

李叔同說：「開始，我學詩，學書，學金石，回頭思量思量，不過是廟堂心理的反映而已。

「之後，我再追求西洋喜劇、音樂、油畫，可這能濟哪一門的世，滿足哪一點神聖的文藝心理？

「人類與生俱來的哲學質地告訴我們，我們必須有智慧、有器識、有定境，才能創造更美好的世界。」

最後，他說：「我想通了，一切世間的藝術，如沒有宗教的性質，都不成其為藝術。但宗教如沒有藝術上的美境，也不成其為宗教。」

此後入空門，六藝俱廢，讓世間才華絕代的李叔同，成為永遠的過去。舊友柳亞子稱此舉「不可理喻」，「使中國文藝蒙受不可估量的損失」。

世人眼裡，他絕情至極，拋妻棄子。

那個讓多少凡夫俗子動情的橋段，雪子最後一次見他，失控地責問：「法師，你慈悲對世人，為何獨獨傷我？」

弘一法師背身立於一葉漸遠的小舟上，沉默無言。

俗世的溫暖，妻賢子孝，只是第一層樓，藝術成就，在第二層樓，如豐子愷所說：「藝術的頂點，只有宗教。」

披剃後，弘一法師於佛前立誓：「絕不做一個碌碌於歲月輪下碾得魂消魄散的啖飯僧。」

他再三告誡自己：「你不要忘掉前人的創痛，做歷史的瘡疤！時時刻刻，觀照自身，如履薄冰！」

當時他面對的，是僧林的德行破產，佛門清淨不再。知識階層將佛門列入「三教九流」，平民百姓視佛法不過神狐鬼怪。

佛門之外，眾生的現實一片黑暗，弘一跪於佛前，淚流滿面，不能抑止。

「沒有嚴持戒律的佛教行人，如談到高深的定力與大智大慧，那便是一片謊言！佛言：『佛滅度後，以戒為師。』是千古不移的真理。」

於是，弘一法師投身佛門中最冷僻艱難的律宗，因「律學到今天一千年來，由於枯寂艱硬，而成為絕學，無人深究力行；於是佛門的德行敗壞，戒律成為一張白紙，令人悲嘆！」

「如我不能誓願深研律學，還待誰呢？」

從此後，持最嚴格的戒律，入經閣編修律學經籍，房門上一幅「雖存若歿」，用以婉拒各方，避免做一個「應酬的僧人」。

他把自己的生活降到了最低處，矮小的關房裡，一壞桌，一舊榻，一爛席，一破帳，日啖一餐，過午不食。

藉苦行，讓曾經浸染繁華的烙印消散，磨礪出堅韌的意志，培育一顆慈悲的道心。

多年後，許多故舊千里尋來，經年積累的不解與質疑，待見到法師，盡都煙消雲散，反被那一種簡穆的氣質震懾，切切生出敬畏來。

世人對佛法的誤解，最大莫過於認為其消極遁世。

弘一法師說：「佛法積極到萬分。佛說的空，是勸人止滅心中的貪欲，心中貪欲一除，雜念一淨，心地自然一片清涼光明，濟世悲懷自然就充溢心胸。」

＊＊＊

一九三八年四月，廈門淪陷前，弘一法師在廈門，卻不避烽火，一心殉教。日艦司令慕名尋訪弘一大法師，見面後，誘他赴日享國師待遇。

法師淡淡回道：「出家人寵辱俱忘，敝國雖窮，愛之彌篤！尤不願在板蕩時離去，縱以身殉，在所不惜！」

自古，高僧大德，聖賢名士，存在的最大意義，除了自已得道，便是為渺渺世人立下一種可參照的人格境界。

為僧二十四年，他憑一已之力，點滴改變了佛門在世人心中的形象。對知識階層，他的影響更為深遠：在精神生活之上，經由他得以一窺莊嚴喜悅的靈魂生活；在世間名利之外，發現能將高尚的人格也作為追求的目標。

一已之影漸成明燈，照進世人心中的角角落落。

他常言：「庵門常掩，勿忘世上苦人多。僧人必須比俗中人守持更高的道德標準，方能度人。」

一九四三年，弘一法師六十三歲，於圓寂之前，交代後事，其中有一句：「當在此誦經之際，若見余眼中流淚，此乃『悲欣交集』所感，非是他故。」

並起身寫下絕筆「悲欣交集見觀經」，後安詳圓寂。

「少年時做公子，像個翩翩公子；中年時做名士，像個名士；做話劇，像個演員；學油畫，像個美術家；學鋼琴，像個音樂家；辦報刊，像個編者；當教員，像個老師；做和尚，像個高僧。」豐子愷將其先師一生如此勾勒。

張愛玲說：「不要認為我是個高傲的人，我從來不是的——至少，在弘一法師寺院圍牆的外面，我是如此的謙卑。」

多少年後，樸樹在臺上唱〈送別〉，哽咽悲泣不能繼續，說有生之年，若做得此曲，命絕也罷。

看視頻，憶起十四歲的那個夏天，每日捧書痛哭流涕，又清楚感到內在被一點點滌清。二十年過去，心中震動竟不減半分。

只因，世間只此一個李叔同。

24

不上不愛上的班，不賺不想賺的錢

十年前，舒國治在京中短暫居停，同事跟他約到一次採訪，我正好順路開車載她過去。

到了一個巷口，同事下車，忽然指著不遠處一個男人，丟下一句：「瞧，那就是舒國治，臺北一奇人。」便匆匆奔去。

我透過車窗看去，那人身材頎長，負手而立，正看著一截矮牆上探出的幾枝海棠。粉色的花影，飄飄晃晃映在那片白牆上。

巷口車來車往，有司機不耐煩地衝我按喇叭，急急開走前，我回頭張望了一眼，他仍然背手孑然而立，與面前的忙碌世界劃清界限。

那是我唯一一次見到舒國治。只覺樣貌樸實，不知何以能被稱「奇人」？倒是他臉上安頓著一股寧逸之氣，讓人過目難忘，跟十年前周遭的男人們截然相異。

後來，看到他書中寫及賴床的段落，才有些明白。他寫道：

「端詳有的臉，可以猜想此人已有長時間沒賴床了。也有的臉，像是一輩子不曾賴過床。賴過床的臉，比較有一番怡然自得之態。」

恍然大悟之餘，看看人群中更多的臉，總有一種用幾杯咖啡吊起精神的蕭肅。

***

那面之後，開始看舒國治的書，從此迷上，一迷迷了十年。

其實，他那般散漫成性，幾十年寫出的書，來來回回不過六七本，長久地佔據在床頭睡前書目裡。這十年，住處換了三次，他的書總是放在書架上最易取的一角。

一次朋友來家，在書架前巡走，最後提出要借舒國治，我用上全部涵養，硬是沒痛快地擠出個「好」字。

朋友臉上略顯尷尬，作罷。我心有不忍起來，想著怎麼這麼小氣，又十年來這幾本書怎麼總也翻不厭？

想來因為，世間太多苦心孤詣經營名利的人，難得他的散淡和無用。世人行文，太多教誨他人如何為人處事（自己也難例外，常覺羞愧），如何職場晉升，月入五萬。

他寫的，只是睡覺，流浪，喝茶，晃蕩，以及遍及臺北街頭的小吃，並且絕不在末尾扯出些點醒世人的大道理。

世人多不快樂，而他總是快樂著。有人問他，不開心時怎麼辦？

他答：「去他的！」

舒國治被稱「奇人」，主要是因為如他這般，將一生任性揮霍而過，當今世上似乎是沒幾人的。

二十幾歲憑藉一篇〈村人遇難記〉揚名臺灣文壇，卻沒有趁熱開疆闢土，轉身去了美國流浪。

七年裡開著一輛破舊的雪佛蘭二手車，遊遍美國四十四個州。以零星稿費為生，花光了，就在旅途中某個小鎮打些零工，存些路費，繼續漫無目的地晃蕩。

後來回到臺北，四十多歲開始有了一個「專欄作家」的身分，卻規定自己，每周撰文不得超過兩篇，每篇字數不超過兩千。

住在臺北濕熱的公寓樓裡，他堅持不裝冷氣，家裡也沒有電視機電話網路這樣多餘的東西。

朋友有事找不著他，心急火燎，好不容易見面後，舒國治覺得抱歉，差點就覺得裝答錄機很有必要，但過後再想，又覺根本沒什麼了不得的重要事。

舒國治的整場人生，是極簡的內涵。

陳文茜曾用這麼一段文字描述他：

「一個下午，我們一長桌十人坐在一塊兒品茶。十人當中，有人身價百億，有人負債千萬，也有人每月靠幾千元稿費過日子。一桌子人裡，最快樂的就屬這個人，他無家、無產、無債、無子、無物欲，只是如今難得地有了一個女友。

「衣服只有幾套，人生卻晃遊閱歷無數。他的財富以千元台幣計算，每次戶頭見底，才提起筆，給自己增加一些零頭小錢。」

舒國治曾在〈十全老人〉中，寫過他心中的理想生活：

「容身於瓦頂牆房舍中，一樓二樓不礙，不乘電梯，不求在家中登高望景，顧盼縱目。

「穿衣惟布，夏著單衫，冬則棉袍，件數稀少，常換常滌，不佔家中箱櫃，正今居室空淨，心不寄事也。

「家中未必備唱器唱片，一如不甚備書籍同義，使暗合家徒四壁之至理也。」

他理想的是「家徒四壁」，還說「今日若有人能過得這般日子，必定是神仙聖賢之流了」。

***

十年前，迷上舒國治的書後，被他的文字煽動：

「我賭，只下一注——不上不愛上的班，不賺不能或不樂意賺的錢——看看可不可以勉強活得下來。」

於是，我也跟著鬼迷心竅地辭了工作。

像是忽然認識了某個顯赫的朋友，便可以賴著他安心荒廢一段人生。

我只是第一次知道，世上竟還有這樣過日子的人，沒有計畫，守不住規矩，他說：「世道再難，也要暢快呼吸。」

那時我悶在城中最繁華的辦公大樓、半平方米的格子間裡，整日地吹著空調，夏天需要披肩，冬天只著單裙，任外面寒來暑往，辦公室永遠吹不進一絲不合標準溫度的風。

這般舒適，我卻覺得透不過氣了。

常常看著二十幾層樓的窗外，陽光被玻璃牆阻斷，透進來稀稀拉拉一點，還要拉下遮光簾再阻斷，然後我們全天開著燈。

縱目所及，皆是高樓，除了桌上一盆綠蘿，再看不到一點綠色。

四周專注盯著電腦的同事們，好像少有我這樣心猿意馬的。休息時聊聊明星八卦、時裝趨勢，下樓去吃頓好吃的，一日日也過得挺好的。

為什麼人家就能適應還能享受？那時，我真心羨慕能安住在格子間裡的每一個人。

心裡始終籠罩著一個疑問：我在這裡總待不住，是我有問題？還是環境有問題？

好在那時看到了舒國治，文字清簡，卻輕易就觸動人心：

當你什麼工作皆不想做，或人生每一樁事皆有極大的不情願，在這時刻，你毋寧去流浪。

去千山萬水的熬時度日，耗空你的身心，粗糲你的知覺，直到你能自發地甘願地回抵原先的枯燥崗位做你身前之事。

人之不快樂或人之不健康，便常在於對先前狀況之無法改變。而改變它，何難也，不如就離開。但離開，說來容易，又有幾人能做到？

事實上，最容易之事，最是少人做到。

於是，我「甘心放棄，放棄那一種生活」。

這許多年後，我仍慶幸是在十年前看到這些煽動人心的文字，二十幾歲的心，無以抵抗，便真的去率性而行了一段，開啟了此後永不朝九晚五的人生。

如若換至今日，人至中年，又拖家帶口，恐怕難有那樣的決斷了。

想來，人生若是一場自助餐，那麼一入場時就要挑自己最愛的吃，若是等著留到最後，怕是已失了胃口。

如果你以為舒國治是在教唆人都去辭工流浪，那是對他的誤解了。

他還說過：「如果心裡沒有一種穩定的能量，在外面瞎晃的時間越多，心裡越空虛。」

實在是只有瞎晃過的人，才能感同身受，而在空虛中長出的志氣，更顯厚重。

＊＊＊

舒國治的難得在於，他超越了「有錢才能如何」的普世邏輯。

他是在窮中談吃，在清簡中散淡寧逸，世人以貧為恥，他安貧樂道，甚至有時我猜想，他大概是以窮為追求。否則不會說：「純粹的流浪，即使有能花的錢，也不花。」

如《浮生六記》中的沈復芸娘，享受人生中的清歡，而非富貴後的閒趣。因為「清風明月，時在襟懷，常得遭逢，不必一次全收也」。

他的人與文，站在整個時代的反面，清簡度日，自得其樂。

我們大多數，所求太多，往往失望，不能讓自己滿意。所求太少，往往焦慮，因不能讓別人滿意。

而舒國治，活出一個與大多數人完全不同的人生版本，讓這個世界多一種可能，並且，以他習慣的無心插柳的姿態，捎帶著照亮過他人的人生。

然後，盡情而過，盡興而活。

25

最理想的生活

書畫家蒙中，像是大理的一個謎。

他那著名的院子（內有九個院子，卻只有兩個臥室），被「一条」報導後，點擊量三千多萬，被評價為當代中國文人「歸園田居」的典範。許多旅行者慕名而來，根據報導中不甚清晰的位置，在喜洲鎮的農田裡尋來晃去。

稍有些名頭的人，來大理找各種關係牽線，想要到「竹庵」拜訪一次。我就被各路來客拜託過幾次，讓「代為給蒙中遞個話」，很有種舊時地下工作者聯絡時的氛圍。

一年多前，剛搬來大理時機緣巧合認識了蒙中，我曾特意找了那支爆紅的視頻來看。全片不見院主人蒙中，竟因此對他好感倍增。

在一個藝術家都要博眼球的時代，放棄這樣的曝光機會，將設計師推向亮光中，此人要麼有成就別人的雅量，要麼有隱者的淡泊。

在北京時，與一些藝術家略有接觸，許多於風雅之下，或放縱潦倒、或偽善精利，實在是看得累了。

即便「隱」，也真假混雜。古有終南山上所以隱者雲集，因那山離皇城最近，有朝一日被召回，加官晉爵，可以頂著曾為「隱士」的淡泊光環，繼續仕途風光。以致隱逸也能成為沽名釣譽的手段。

木心曾一語點破：「中國現在不少文人，說到底，是儒家。三個月不做官，急死了。」

對蒙中真正服氣，是在去他那著名的院子裡不知喝過多少盞茶之後了。

那座院子疏朗磊落，毫不繁複奢侈，不是靠錢能堆出來的。

蒙中花掉大半積蓄，租下重建的這處院子，租期只有二十年。

第一次去時，我驚訝地問：「二十年後怎麼辦？」

他答：「不去計較。」

一瞬間，便覺自己真俗。

蒙中說，賺錢是能力和運氣，怎麼用錢是境界和水準。

借木心的話：「中國古代，有些人是會用錢的。倪雲林，晚年潦倒，剛賣了房子，錢在桌上，來了個朋友，說窮，他全部給那個朋友，這才是會用錢。」

今人聽來當笑話，只因士人風骨，早就絕跡了。

蒙中第一次看到木心的書，驚嘆，原來世間還有這樣的人在。買下其所有著作，在心中引為知己。

又一次喝茶，正是五月，高原上春日和暖，全仰賴豔陽。下午陽光退去，周遭便森冷起來。

客廳裡有一口壁爐，蒙中起身去生火。

他習慣戴一副老式黑圓框眼鏡，神情頗似林語堂，又十足舊時私塾先生模樣，從院中取來小捆柴，三下兩下生起一爐火，前後十分鐘不到，看得人瞠目。過去也見過稍有些名聲的藝術家，活得奢闊抽象，十指不沾陽春水，更別說做劈柴生火這等粗活兒。

家中做清供的瓶插，多為蒙中從園中剪來的枝條，其中姿形極驚豔的一瓶，是在蒼山上撿的。

他說：「爬山時提個籃子，見到好看的枝條，就撿回來。」

牆外田邊闢了一小塊菜地，日日自己侍弄。

但見他這般過日子，才覺是生活。

又隱約覺得，有這等嫻熟生活技能的人，大多是過過苦日子的。

應付得了生活的苟且，才能在人前活出一種毫不費力的清雅從容。

＊＊＊

蒙中一九七五年生人，家中三代單傳，他自小跟父親單過。來大理前，四十年都在重慶度過。

「兒時的家，背枕弋陽山，面對著長江和嘉陵江交匯處。江水湯湯，日夜不息且涇渭分明，對岸是蔥翠起伏的南山。

「要是遇見雨霏，山影化作墨色輪廓，流雲變幻出濃淡軌跡，簡直是卷淡泊明淨的米氏雲山圖。」

我猜想，蒙中幼時對書畫的興趣，一部分就來自從小凝視的這自然之中的雲山變幻。

「船頭水手，船下搬運工人，在江風船笛此起彼伏間，過著命運派給他們各自的日子。」

「父親就做著類似搬運工這樣的體力工作。

「沒什麼文化，卻好讀書，尤其癡迷古典，好看武俠小說。《七俠五義》、《三國演義》，金庸古龍，是父親半生孤寂生活的調劑。

「像我這種單親家庭的孩子，從小孤獨內向，父親脾氣孤傲又有點古怪，我大部分時間就自己玩，畫畫寫字。」

對蒙中，父親最大的堅持是，你要有自己的特長愛好，這種東西是人的立身之本：「以後最好就像唐伯虎那樣，到什麼地方只帶個印章，人家都對你很好。」

小時候，晚上睡前，蒙中端盆水洗腳，一邊泡腳一邊用手蘸水在水泥地上寫字，直探到搆不著的地方，再看著筆畫由濃變淡，直至消失，盆中水早已冰涼，而父親靜默一旁，從不催促。

家中沒條件，蒙中的書畫底子，大多憑自己琢磨練習。

抄《唐詩三百首》練書法，臨《芥子園畫譜》，迷《紅樓夢》、《浮生六記》，在《從文自傳》裡看到一生想過的生活。

對生命中美而細碎的日常充滿嚮往，又有一種人生到頭不過空茫茫一片的悲涼底色。

蒙中說，他一生的走向，都在少年時代定下了調子。孤獨，自主，憑藉些許天賦可自娛自樂，喜歡美的東西，又清楚一切莫要執著。

＊＊＊

上初中開始偏科（編按：指某些科目成績特別好，其他的則不理想），他就想放棄英語和數學。

班主任開家長會，對父親說，你這孩子開始偏科了啊，以前成績很好的，要管一管。

「我爸就說，五個手指頭不可能一樣長，他有長處很正常。老師就很生氣，說你家還有什麼家長？換個人來開家長會！

「我說，沒有了。

「老師說，那以後你自己來開家長會。」

放棄了數學後，中考時全靠他的微雕功夫，在美工筆的筆管上，密密麻麻刻滿公式，剛好每個公式都有用，最後得了八十多分。

一九九五年，蒙中考上川美，是他所讀的工廠子弟校幾十年唯一一個，當年美術老師最寵他，教了半輩子書的心願，就是能出一個川美的大學生，蒙中給實現了。

可是，第一年要交六千多塊錢，家裡沒錢，蒙中拿到通知書，決定不上了：「打算跟一個朋友出去學古玩字畫的修復。」

結果，父親工廠的一個阿姨知道後，提了一包錢來找蒙中，勸他去上大學。「她勸我說不要背包袱，這個是老天爺安排的，你能考上就去讀嘛。錢是小事情，現在看你覺得是一個坎，以後看都不算個事，她說現在我剛好可以幫你，你就接受……」

蒙中憑此上了川美，本來報的國畫系，卻因為成績好，被油畫系錄取，蒙中又去改系，與另一位國畫系學生交換專業，老師們都不解。

九〇年代西洋藝術流行，國畫系是冷板凳，沒人願意上，畢業找不著工作。果然，畢業後，蒙中進了電信局。上班寫寫標語，寫寫通知，做點打雜的事情。

後來又去了出版社，不用上班，每星期去開兩次會，剩下的時間都是自己的。這樣的工作斷斷續續十幾年，賺得不多，但圖個能待在家的時間特別多，可以潛心於自己的書畫。

那時他在西南地區書畫界已經小有名氣，在出版社做的書得過業內最高獎。如果趁年輕時去北京混個什麼名，混更多錢，也不是沒可能。

但蒙中說：「那種成功，是我一直不太屑於的東西。甚至那些工作，當我有一種自己的生存能力的時候，我立馬全部扔掉，我知道，它只是一個船而已，過了河，這個船再沒必要。」

直到三十六歲，獲得了一種自我生存能力後，蒙中離開出版社，連同那些書協會員、大學老師的名頭，一起成為被他拋棄的船——他終於成為一個可以專職畫畫的人了。

四十歲，來到大理，隱於古鎮田邊，為了滋養他的藝術。

木心說：「為人之道，第一念，就是明白：人是要死的。生活是什麼？生活是死前的一段過程。」

因此，知道要做什麼後，人要有一種決絕的放棄。

年過四十的蒙中，自從幼時抱定對書畫的理想，幾十年間便再無誘惑可以讓他一改初衷。

書法、繪畫、文學、古琴、玩石、拓片，甚至插花，所有能滋養他藝術的部分，他都敞開來接納、研習。

「藝術廣大至極，足以佔有一個人。」重要的，是這個人，甘願被藝術佔有。「不失其所者久。這個『所』，是本性。」

蒙中的本性，曾在他筆下流露：

「偶爾看呆畫卷，《清明上河圖》上我最想做個轎中人，一路過去，紅塵繁華慢慢地走；看《千里江山圖》，卻想做隻水鳥，春來三月，天空湖闊，任飛翔。

「生命，無疑是個大題目。不少人嘔盡心力，想把它做成一篇大文章，而我只願將它做成小題目，隨興，自在，充滿生命本真的意趣，如竹庵裡這些花草般。」

＊＊＊

唯一一次，留在竹庵吃午飯，正值我心情鬱結的一段。

曾在他文章中讀到：「父親生前很愛弄些稀奇吃食，有一回清早，他到樓上陽臺摘來兩枝曇花，午飯我們就嘗到了鮮美的曇花湯……

「這些往昔景致人物，早已揉進我命裡，每想起，總覺山河日月間，天道悠悠，人世間是樣樣皆好，一切都透著無比的靜軟與安詳。」

那一餐，餐廳三面落地窗，對著前院的花木，中庭的池塘，斑駁竹影在白牆上輕晃，老式竹屜蒸出的白米飯，嘴裡嚼著，眼裡沒來由地熱起來，「人世間樣樣皆好」，心中鬱結竟慢慢散去。

幾乎十年前，蒙中就寫過：

「我的夢想，是能在如王希孟《千里江山圖》中那樣的逶迤連綿的山水裡，依傍竹林，蓋幾間茅屋瓦房，籬笆院落，栽種些桃李芭蕉，尋常花草，看鷺飛魚游，雲山變幻。

「在這樣的地方，靜靜讀我未讀的書，畫我心中夢想的畫，平淡而寧靜地享受我的書房生涯。」

眼前所見，正是他十年前的理想。

***

有人在繁華場觥籌交錯，有人在高山流水間閒觀花落，凡從藝術者，但看他今日的過法，便知明日成就幾何。

手下功夫，心中境界，騙得了別人，騙不了自己。縱使騙得了自己，最終也騙不過時間。

蒙中一生所求，他曾寫道：

「人與畫，不論成就與高度。我想，到最後，應該像山野間的溪流，自在至真，自有活頭源水，又似一棵樹——蒼虬勁挺，孑然瀟灑，談笑在日月山川裡。」

這也是我理想的生活。

26

去過一種經過選擇的生活

為什麼縱容自己隨心所欲，也會無以為繼？為什麼不加選擇的生活，會處處有一種「模糊的不適感」？

說到底，舒適、滿足、美好的日常，通常籠罩著一層理性之美。

＊＊＊

我澈底放縱了兩個月。

一篇稿也沒寫，吃了很多肉，沒有每天打坐，還毫不節制地投入社交，只要有人叫我吃飯我就去，沒人叫我了，就在家呼朋引伴大宴賓客。

手機不離手，隨時處理工作，不再為多擠出一點獨處的創作時間，而費力地管理一天的節奏。

想游泳了，立馬出門，想在咖啡館坐多久，就坐多久，聽人們嘮叨種種八卦和故事。

直到聊無可聊，一起圍坐吧台，沉默枯坐，有一口沒一口地啜飲著白水（常常已喝過數杯咖啡）。

什麼上午寫作，下午運動處理瑣事，晚上陪娃，娃睡後閱讀的固定節奏；什麼無所事事泡咖啡館不超過半天——諸如此類井然有序的日常，統統拋之於腦後。

一種我已經有點陌生的、絲毫不經過篩選和克制的生活。

想來，放縱的起因，是我陷入一種對大環境莫名其妙的悲觀消極和無奈的情緒中。那些洶湧而來花樣百出的負面新聞，持續數周、聲勢不小、卻最終無一人因此獲罪，終於不了了之的米兔運動（Me Too，反性侵運動）；老公被曝出性侵醜聞，輿論的關注點卻是對他太太的嘲諷與幸災樂禍。

另一邊卻是很多網民沉浸在一劑又一劑慢性毒藥中，打開微信就是一群人興致勃勃地討論宮裡頭哪個女人更厲害，什麼樣的女人更容易獲得皇上寵愛。號稱自己是「女性主義者」的一些大V（編按：指微博上擁有大量粉絲、經過認證的個人用戶），沉浸於分析宮鬥劇、職場中和婆媳關係裡的各種鬥爭技巧、獲勝裝備，還不忘時時觀照一下現實，祭出諸如「正室範兒究竟是什麼範兒？」此類苦口婆心的人生教誨（看到真的噁心了一下）。

我常常以為我生活在一個假的現代社會。

想起讀研究所時，因跟著導師（女性）做了幾個關於男女平權及女性主義領域的研究課題，頗有些成果。學院裡一位德高望重的學術泰斗（男性），某天在課後專門叫住我，語重心長地說：「別盡研究些沒用的東西，到時候給自己的學術道路貼上個什麼『女權』的標籤，自毀前途。」

據說名校應該是國之重器，可許多名校中的權威們或許從不這麼認為。

我本來有望繼續讀個博士什麼的，可是我抬頭看了看前路，覺得著實沒什麼意思，還不如投身滾滾紅塵，至少免去揣著庸俗的裡子，卻要裝出個身在國之重器的面子。

我看著四歲的女兒，遙想再過十幾年，她長大後面對的世界，會不會對她的女性角色更友好一點，目前看，絲毫樂觀不起來。

我一介升斗小民，人微言輕，想不出如何有助於改善時代的無良之處，又心虛只是打理好一己的生活——這種對個體幸福的追求，會不會像一個精緻的利己主義者那樣，屬於只掃自家門前雪，不顧他人瓦上霜的範疇。

我是學新聞的，明知道個體的情緒常常被媒體的議題設置所左右，竟還自願跳入其中，以匹夫之勇，操著憂國憂民的心。

無望無奈的情緒，消解了好好生活的心勁。

＊＊＊

這兩個月放縱的行徑，與我習慣的生活方式——素食、因自律產生的節奏感、在社交上的節制、在表達上的克制等——背道而行。

以前會覺得，放縱的樣子一定很頹。可恰恰相反，我表現得好high（亢奮）。出差時，與合作夥伴正襟危坐，品嘗米其林大廚的手藝，以前在這種場合，我會表現出起碼的端莊，話語點到為止，絕不多言。

可是那天，我像搭錯了線路，逕自高談闊論，活躍氣氛，雖不至丟人現眼，卻也引得同事在宴席結束後，對我感慨，你如今好像變得更活潑了！

我盯視他數秒，看不出褒貶。

人妄圖說對自己有多瞭解，可當濃重的情緒碾壓時，理性也會束手就擒。前幾天看〈那個在西雅圖偷飛機的年輕人〉也可看出，人的行為終究不能從過慣的生活中全盤推導出來。

這就像祝勇對歷史的描述：

「歷史沒有先見之明，也不能選擇捷徑，在目的未明之前，一切都處於昏昧之中。」多像在說一個人。

有人說，讀史的意義，在於避免重蹈覆轍，這話真是高估了人性。讀史的一大作用，大概是當重複過去時，你可以腹誹：「又來了！」

一個月過去，我還沒有半點回歸原來生活節奏的跡象。

因為不再每日雷打不動地坐著寫三小時，於是腦子裡不再頻頻冒出「靈感」，不再時時急迫地奔於電腦前或掏出手機，記下生怕稍縱即逝的語句。

不再每日打坐冥想，意味著和自己有了疏離，失去了恆靜而穩定的能量加持。沒有了節奏，沒有了節制，沒有了自省，沒有了空空的寂靜，也沒有了對許多命題的思索。

只剩下動物般無目的的鬆弛感。

＊＊＊

第二個月，老友們開始發微信問候：好久沒看到你寫的東西了，發生了什麼？處於動物般鬆弛中的我，說不出發生了什麼，盯著對話方塊時忽然冒出了兩個字：堆肥。不假思索地發過去。

堆肥是啥？

我去朋友家的農場，看到廚房下水管直接連著堆肥池，殘羹剩飯一徑排入池中，假以時日，發酵成上好肥料。

在曾經長久的自持裡，擠入一些未經預期的放縱時光，於感受世界而言，或許就是在堆肥吧，我用這個理由聊以自慰。

再年輕些時，看不出這般道理，每當突然想放縱一下，想荒廢一下，想擅離軌道一下，總是伴隨著深深的自責。

兩個月快過去時，在輕飄飄的放縱的日常裡，我漸漸生出了種種「模糊的不適感」——

「上千種微小厭惡的總和，卻不是悔恨，而是一種模糊的不適感。」羅斯丹總結。

這種感覺，像是許多行到中年的人，時常吐露的：「說不上哪裡不好，但就是覺得沒意思。」

也像許多身陷抑鬱的人，表現出的，「做什麼都提不起勁兒」。大多數，並沒到抑鬱的地步，卻也不處在平靜或愉悅的狀態中，與身體上的亞健康相對應，是精神上的「模糊的不適感」。

這種感覺，也出現在多年前我的第一次間隔年中，去西藏尼泊爾逛蕩了三個月，就間隔不下去了。

想念有秩序的自由，想念勞逸交替的節奏，想念與人對坐採訪時那種時而被他人的徹悟刺激得打個激靈的感覺。想念創造的樂趣，而非純粹看世界的新鮮。

舒國治勸慰年輕人說，當眼前堆積著諸多不情願，毋寧去千山萬水中耗空身心，以生長出一種回歸現實的心甘情願。

這種耗空和再生長，其實是在說，去過一種經過選擇的生活。

挽救我於放縱中回歸的，是從前經過選擇的生活慣性。

用短暫的兩個月隨波逐流地生活，大概屬於中年人的試錯。無須去千山萬水，只是偶爾停一下，就會迎回那種心甘情願。

三天前，毫無預兆地，早上醒來，我強烈地想要坐回書桌前，想要回到那種看似自虐的自律之中。想要在一上午的奮筆疾書後，出去活動一下僵直的身體，然後吃下一大盤蔬菜堅果沙拉。

窗外薄雲搖搖，苗青雀靜，書桌前所見的幾株玉蘭樹，葉子被雨水洗刷後，在陽光下泛著薄光。

晚上散步回來，家門前一排行道樹發散著幽幽的晚香，又不知是什麼香，總之配合著天上的明月，很有一種與世遠隔、獨享清幽的味道。

是我熟悉的味道。

我更加篤定，一個人，須得有個與世相對的支點，猶如「撬動地球的那根槓桿」，有人選擇宗教，有人選了哲學，有人選了現實的理想，有人選了眼前暖呼呼的那碗湯。

支點是什麼不重要，重要的是，得有支點。

人的需求有多複雜？我曾以為很容易釐清，如今看來卻是雜蕪不堪，充滿偶然，歡鬧久了就想出世隱逸一下，避世久了又想念繁華，沒什麼大不了的。

有了支點，眾多紛亂的需求好歹有個方向。

而引發我放縱的——一介小民如何與時代的無良相處——這個命題，仍縈繞於心，也在昨天看到一段大和尚的開示：

「於暗夜中為作光明，於失道者示其正路，於病苦者為作良醫，於貧窮者令得伏藏。」

你該看到的，總會在你正需要時出現——我相信冥冥中有這種仁慈。

看不到方向，就自己成為方向，看不到光明，就自己成為光明，這不是狂妄，而是擔當。哪怕只是一燈如豆，至少也能給小蟻照個亮。

27

人到中年，如何避免晚景淒涼

朋友說她媽總愛念叨：「老來苦才是真的苦。」最近老是想起這句話。

大概是經濟前景撲朔迷離，悲觀氣氛四下彌漫，許多中年人唉聲嘆氣，覺得必將晚景淒涼。

我凡事總愛抱持著積極的心態，倒是覺得，在個人層面，總有例外。所以，想寫一寫「人到中年」這個永恆的話題。

＊＊＊

人近中年是一種什麼感覺？

就是不願再一條道走到黑，而是頻繁地想要「平衡」。對許多事有了敬畏感，相信前世今生以及命運——這些年輕些時不屑一顧的東西。

還有，開始常常思慮，當老之將至，該何去何從？

作家劉遠舉在〈八〇後、九〇後終將晚景淒涼〉一文裡，大致展望了一下我們這一代即將面對的未來：

二〇一四年年底，中國的老人達到二・一二億人，成為世界上第一個老人破二億的國家。

大約再過二十年，中國老人將突破三・五億，此後一直到二一〇〇年都不會再低於這個數字。

到二〇五〇年，老人佔總人口的比例將高達百分之三十三，意味著兩個年輕人就要撫養一個老人。

二〇五〇年，我六十七歲了。膝下只有一女，取名「逍遙」，長大後隨侍在我們身邊的概率，大概等於零。

腦補一下，周圍三分之一都是老年人的場景（去那種社區超市就可以提前感受）。

第一反應是，我女兒將來所見的那個世界，是不是一派暮氣沉沉，斤斤計較？如果不能伴隨著智慧和安詳，那樣的老年生活，不值得一過。

年老和智慧的正相關，只出現在神話故事裡——仙風道骨，白眉飄飄，面容安詳，透著智慧的光芒。

可現實是，智慧從不是一件隨年齡增長而增長的東西。

＊＊＊

我嚮往怎樣的晚年？

沒有比紀錄片《積存時間的生活》裡的津端夫婦，更讓我怦然心動的老人了。

修一和英子是一對相伴了六十五年，過了四十年田園生活的夫妻，在日本被冠以「現代陶淵明」。

九十歲的修一在幹完農活後酣甜的午睡中長眠，八十七歲的英子穿著黑色連身裙和黑絲襪送別他。

長達半分鐘修一遺體的鏡頭，看得沒有半分不適感，輕柔柔的，讓人覺得死亡是一件極自然的事。

修一說：「活得越久，越覺得人生美好。」我被這句話觸動，像瞬間心裡被點亮。

有能量的人，大概就是這樣。自自然然的一句話，隔著生死，在遙遠的某處，將一些莫名的能量，灌注到一些人的生命中。

所謂智慧，也就是這樣充滿能量的啟發。

他還說：

「人老了，就算想要仰賴國家和行政系統，也是會覺得不安。

「現在好像不是付了稅金就可以得到援助的時代了，每一個人都必須具備存活能力。『只有自己和家人才可以相信。』我和英子都有這種觀念。」

我們八〇後九〇後一代，也已不是付了養老金就可以得到妥善養老的時代了。每一個人都得提前思慮，如何在老去時仍然具備靠自己的存活能力。

前幾天出差坐高鐵，北京南站，巨大的液晶螢幕循環播放的畫面，是車站工作人員幫助老人抬輪椅上下樓梯。

旁白說，車站成立了幫扶小組，專門幫助行動不便的老人。

片子末尾照常放出煽情的歌曲，歌頌幫扶小組的扶老精神。看得人來氣，各行各業總是能這麼自戀地避重就輕。公共建築在設計時沒有充分考慮老弱病殘的動線，這本是極大的疏漏和設計理念的粗暴，不思改進也就罷了，還大力讚揚因錯誤帶來的人力浪費。我們就在這樣的欺世中自欺，也不知道這些設計和建造者，是否會在老年時享受到自己的粗鄙作品。

千萬別抱著老去時，會有一大批機器人伺候我們的天真念頭，這飛速發展的幾十年，連個無障礙通道都沒能變得普遍，又怎麼可能在未來幾十年，有三四億日用機器人從天而降，晝夜不休地等待我們召喚。

生活又不是神話故事，哪有那麼多天兵天將。

如今經濟環境一年差過一年，劉遠舉說，我們必將晚景淒涼。宏觀上，我贊同他所說。

但我凡事都抱持著樂觀的心態，做事之前，也常常會有意無意忽視將遇到的困難。

憑藉盲目的積極和自信，或許還有運氣，我任性又自專地過到現在。

所以，面對晚景淒涼的大概率，我也絕不願坐以待斃。

＊＊＊

某年冬天，我在北京出差，穿過一條街時，看到路邊幾個老人坐著輪椅晒太陽。背後是轟隆隆正在建設的高樓工地，他們的靠背，幾乎貼著工地藍色的鐵皮圍擋，膝蓋上覆著毯子，面前一米之外，就是川流不息的車河。

那樣向前奔湧的忙碌環境，不該安放晚年的時光。

人口千萬級的大城市，是屬於年輕人的。

像北京這樣的城，沒有中央公園，沒有寧靜的小巷，沒有推門即見的相熟鄰人，沒有舊時民俗，沒有明月繁星。

這城市裡的每個人都像一座孤島，每個老人，就像孤島旁時而被潮水掩蓋、飛鳥都無法落腳的礁石。

換個城養老會不會好？這個思路，是大多數中年人的選擇，於是，在海南、雲南、廣西的許多山水小城，都有一座座被北上廣中年人買下後空置著的養老地產。買的是個心理安慰。

二十出頭時，我在北歐遊學，看到的老人群體，給我留下了極深的印象。

他們獨自緩慢地挪過馬路，人人牽著一隻或數隻狗，神情冷靜，周身都是一股孤鬱之氣。

讓行的車輛就那樣靜靜地等著，時間一秒秒地過去，像是全世界都在屏息矚目那蒼老的面孔，以讓年輕時的狂妄在年老時顯出塵土的質地。

聽當地的華人留學生介紹，北歐老人獨居的比例非常高。即便坐享高福利，良好的醫療，完善的城市設計，可這一切，都不必然使一個老人感到快樂。

想像他們在極夜的幾個月裡，如何獨自挨過，難免讓人對生命的終段感到恐懼。好在還有京都。

一條條巷弄裡，一扇扇柴扉後，到處是緩慢移動著勞作的身影，腰彎得極低，行走常靠手杖。無論老頭老太，都穿戴精緻得體。

看到我的蹣跚走路的孩子，無一不是停下來跟她說話，臉上的笑容，是我一生所見最燦爛的。

我對他們不停地笑著，點著頭，走遠了回頭，老人還在那裡弓著腰笑容滿面地朝我們揮手。

記得有一位老人，咖啡色套裝上，靠肩處，別著一枚山茶花大胸針，搶眼得很。都說日本人含蓄內斂，可老人們，許多卻開始現出童真和俏皮。

九十歲的修一說：「抱怨、批評在我們家是禁忌，所以我是以思考眼前的未來，和做快樂的事情，活到現在的。」

不知道京都老人的俏皮和快樂，是不是普遍出於這樣的原因。

＊＊＊

像修一那樣，對這場生命感到了無遺憾的老年生活，理所當然，是留給那些有準備的人的。

就像愉悅而富有創造力的中年時光，脫胎於充分試錯、不斷探索、靠近自我的青年時光。

我希望女兒看到我們智慧、優雅、愉悅、滿足地走完人生的末路，能讓她對生命充滿感恩。

已為人父母，我給自己加上這樣一份微小的責任。

我開始把規律的運動放在生活優先順序首位，太極拳和游泳，是我為逐漸老去的生活做出的選擇。

其次，打磨一項技能，這既出於趣味的需要，也有助於老年時的財務狀況。學個花藝、木工、咖啡、茶道、攝影、做陶、塔羅、算命等等，什麼都好。

未來三四億老去的八〇後九〇後，在經過了折騰的、雞血的、焦慮的、奮進的中年，從動輒上千萬項目的泡泡中清醒，必然得回歸生活。

這些人，年輕時被消費升了級，也走過世界的許多角落，不會成為守著超市打折促銷過日子的老年人。

我樂觀預測，如今剛剛風靡的生活美學，就是我們老年時的日常。你有沒有在此時開始考慮，利用工作之餘的時間，鑽入生活美學裡的某個細小分支，打磨幾十年。

活到老，學到老，勞作到老。年輕時急於解放雙手，老年時的健康，卻需要靠雙手勞作來維持。

這是避免晚景淒涼的王道。

第三，戒定慧是個無比靠譜的修心系統。由戒生定，定中生慧，不是隨便說說的。老年時的平靜柔和，依賴於一路上獲得的智慧，需要從中年開始就練習戒與定。

中年人的戒，是沒有多餘的損耗。

他必清楚自己是誰，要做什麼。確定不做的事、不涉獵的領域，懂得收斂對它的欲念。

像巴菲特說的那樣，列出二十件想做的事，再劃出其中最想做的五件，剩下的那十五件，餘生要拚盡全力去躲避它們。

人到中年，還事事新鮮得躍躍欲試，沒有定力和靜氣，不知道自己有限的精力該著力在什麼地方，總會顯得孟浪，而於實際生活也並無益處。

斜槓青年讓人羨慕，斜槓中年，就有些迷失之嫌了。

中年人裡，所謂「鬼鬼祟祟的氣質」，是真有的。多來自在浮躁的日子裡遊蕩太久，失了本心，失了定力。

究其原因，是生活中沒有幾項生定力的東西。

本來，可以是規律的作息，是一兩項熱愛的、頻繁進行的運動，是一樁總是投注時間的業餘愛好，是一段日久生情的關係，是每日固定時間獨處的那一段時光，是每晚睡前讀十頁書的小習慣。

這些事項，是將人漂浮的思緒收回來的方法，也是人在浮躁世間靜心度日的定力之源。

如今的經濟形勢，讓許多人悲觀四溢，我倒覺得未必全是壞事。

當時代的浮塵慢慢落下，人們開始收斂那些激進的、急迫的、虛妄的欲念，踏實地生活，人才會獲得最強烈的安全感。

是否要把中年過得這麼有目的性？

選擇隨人，但需不去奢望會有憑空而至的幸福。

建立一套吻合自我信念的生活方式，是中年時需完成的功課，也是老去時的指望。

並且，一個足夠清醒而積極努力的過程，本身就已是人生路上豐厚的回報。

後記

近來時常想起，十幾歲時，女同學們聚在一起，總愛聊以後長大了自己會是什麼樣子。不同於年幼寫作文「我想成為一個科學家」之類的抽象定義，青春期的想像，已經有了活生生的影像。

我清楚記得自己的想像，千篇一律都是穿著職業套裝和高跟鞋，在大城市最高檔的辦公大樓裡「得得得」雷厲風行，還只能是二十幾歲。

三十歲以後呢，從來沒想像過。少年人覺得，三十歲後那不就是老了嘛，簡直不值得一過。

年少的畫面仍一幀幀生動著，現實中，我卻已經是三十六歲的我了。高跟鞋快速敲擊辦公大樓大理石地面，發出「得得得」的聲音，真的貫穿了我整個二十年代。十年風風火火，如今留在腦中的，竟是那些年我每天付停車費的數字（真是怪誕）。

那畫面特別清晰，當夜幕四合，我開車從停車場出來，收費的閘口開了又合，電子女聲報出數位，那一刻總是本能地換算出，這一天又是多少個小時一晃而過。

像是對年少幻想的一種交代，二字頭人生我如約行過。再往後，未曾被設定與期待，意味著一種自由。

書中文章，便零散地寫於二〇一六到二〇一八年，我的三字頭人生。

如果說，每個人的一生也如一個故事，有各自的起承轉合，那麼，毫無疑問，這段時間於我而言，大概是扮演著「轉」的角色。

二〇一六年，女兒兩歲多，先生辭去了國企的工作，我們從北京搬到大理，一家人將自己拋進一條並不熟悉的河流中。這條河流向哪裡，一點眉目都沒有，或許，全然未經設定的未知，就是踏入這條河的目的。如此處理人生，毫無三十幾歲該有的成熟，是我們想要的天真。

這幾年，我總在想，這選擇背後微妙的動因是什麼？這本書，就是思考與總結的過程。

岡倉天心的《茶之書》中有一段：

「我們的人生，宛如一片無涯苦海，喧囂騷動著，充滿了愚昧。若不知如何自處，便不可避免地陷入悲慘境地，即便強顏歡笑亦屬徒勞。」

一語點破了寫作本書時的心境。每一篇小文，都是試圖在這喧囂騷動的人生中，避免陷入強顏歡笑的一點努力，試圖架設一種經過選擇的生活。

兩年後的今天，回頭再讀這些文章，難免覺得用力過猛，話說得過多，便容易有一種梗著脖子的勁兒，過來人愛說，這樣很不成熟。

馮友蘭先生在《中國哲學簡史》全書最後，留下這樣一句話，「人必須先說很多話，然後保持靜默」，帶著自我指涉的意味。包含的真理一言蔽之：「在達到哲學的單純性之前，他必須通過哲學的複雜性。」

因此，無論今天的我再來看這本書，覺得當時的自己有多麼瑣碎和實際，它也是我必須通過的複雜和成熟。

經歷那幾年的「轉」，才終於走入「合」中。

停下諸多事務性的工作，沉入最愛的領域——中國藝術與東方美學的深入研究中，讀書看畫寫作，一日日在窗前光影搖移中度過。與時代的距離，保持著一個盡我所能的最遠值。

能做的與想做的相合，喜歡的與擅長的相合，所渴求的目標與所走的路相合，甚至就日常來看，生活也與大理這處山水的氛韻相合。

也才終於能領悟，為何在中國藝術精神中，「熟」不算一個褒義詞，因過於精熟，易流於甜媚，蘇東坡寫「凡文字，少小時須令氣象崢嶸，彩色絢爛。漸老漸熟，乃造平淡」，藝術臻於精熟時，須歸於平淡，是「熟」與「拙」的平衡。

於我，人生走向成熟之期，最珍惜的還是那一點天真，人世越喧鬧，越想要活得簡單，然而簡單不是複雜的反面，而是對複雜的包容、接納、啟迪和預示。

這正是本書「人生半熟」的題中之義。這一點天真，便使我，無論周遭現實如何，心中常得靜水流深，如茫茫在外有家，如大雨傾盆而下時，有個著落處。

二〇一九年十二月
於大理・山水間

國家圖書館出版品預行編目 (CIP) 資料

人生半熟：30 歲後，我逐漸明白的一些事
寬寬著. -- 初版. -- 臺北市：
遠流，2020.11
面； 公分
ISBN 978-957-32-8890-9(平裝)

855 109015491

原書名：《36 歲，人生半熟》
本書中文繁體版由北京樂府文化傳媒有限公司經光磊國際版權經紀有限公司授權遠流出版事業股份有限公司在全球（不包括中國大陸但包含香港、澳門地區）專屬出版、發行。

人生半熟

30歲後，我逐漸明白的一些事

作　　者：寬　寬
總 編 輯：盧春旭
執行編輯：黃婉華
行銷企劃：鍾湘晴
美術設計：王瓊瑤

發 行 人：王榮文
出版發行：遠流出版事業股份有限公司
地　　址：臺北市南昌路 2 段 81 號 6 樓
客服電話：02-2392-6899
傳　　真：02-2392-6658
郵　　撥：0189456-1
著作權顧問：蕭雄淋律師
ISBN 978-957-32-8890-9

2020 年 11 月 1 日初版一刷
2020 年 12 月 11 日初版二刷
定　　價：新台幣 340 元
（如有缺頁或破損，請寄回更換）

遠流博識網
http://www.ylib.com
Email: ylib@ylib.com